U0889901

意林®

高票好文

GAOPIAO HAOWEN

逐梦青春，星海征程

《意林》编辑部 编

吉林摄影出版社
·长春·

图书在版编目（CIP）数据

逐梦青春，星海征程 / 《意林》编辑部编 . -- 长春 : 吉林摄影出版社 , 2023.5
（意林高票好文）
ISBN 978-7-5498-5788-3

Ⅰ . ①逐… Ⅱ . ①意… Ⅲ . ①散文集—中国—当代Ⅳ . ① I267

中国国家版本馆 CIP 数据核字 (2023) 第 078962 号

意林高票好文·逐梦青春，星海征程
YILIN GAOPIAO HAOWEN ZHUMENG QINGCHUN XINGHAI ZHENGCHENG

出 版 人　车　强
主　　编　顾　平　杜普洲
责任编辑　王维夏
总 策 划　蔡　燕
统筹策划　康　宁
设计总监　资　源
执行编辑　康　宁
封面设计　金　宇
美术编辑　岳红波
发行总监　王俊杰
封面供图　VEER图库
开　　本　700mm×1000mm　1/16
字　　数　150千字
印　　张　8
版　　次　2023年5月第1版
印　　次　2023年10月第2次印刷

出　　版　吉林摄影出版社
发　　行　吉林摄影出版社
地　　址　长春市净月高新技术开发区福祉大路5788号
　　　　　邮　编：130118
电　　话　总编办　0431-86012616
　　　　　发行科　0431-86012602
经　　销　全国各地新华书店
印　　刷　天津泰宇印务有限公司

书　　号　ISBN 978-7-5498-5788-3　　　定　　价：20.00元

意林 高票好文

目录

周承钰：24 岁成为文昌航天首位女指挥	苗向东	001
变通能力	徐大维	002
熬过无人问津的时光	马　叛	003
人生的四种孤独	许可可	004
拓宽你的生活	王国梁	005
你的精神长相能打多少分	王月冰	006
我只是看上去比较聪明而已	王啊喂	007
一场父子酒局	孔老师	008
状　态	王安诺	009
两个面皮摊	曹化君	010
毛坯房给了“95 后”女孩什么	张　丰	011
猎豹思维与羚羊思维	连　岳	012
不要赠予虚空	李松蔚	013
弯　腰	张　勇	014
人生的转折点	岑　嵘	015
“我不够好”，是一种瘾	丛非从	016
蔬菜也有脾气	厉　勇	017

意林 高票好文

目录

充沛的人	李银河	018
自行车与逍遥游	牛东平	019
如果你是第三种仆人	米　哈	020
不要让“没钱”毁掉你的生活	艾小羊	021
没有王子你该怎么办	林采宜	022
“长得慢”，也是一种福报	汪金友	023
为女则刚	闫　晗	024
向绿色传承人致敬	邓　敏	025
活给别人看和为别人而活	韦秀英	026
司马懿的两句话，够职场人用一生	哈　叔	027
海鸥型的人	吴淡如	028
如何“真的”阅读一本书	罗辑思维	029
天狂必有雨	张军霞	030
投资就是时间上的平衡消费	薛兆丰	031
“三峡蚁工”	那城的城城	032
空　实	郭华悦	033
萨丽娃姐姐的春天	艾　平	034
这届后浪潜伏在省钱神组	老　雷　维京女侠	035
在地图上旅行	张凌云	036
作家们各种古怪的创作契机	知书少年果麦麦	037
人心一旦猛于虎	余　弓	038

意林 高票好文

目录

虎、驴、猫	华明玥	039
练书法所悟	黄小平	040
你长大了卖什么	羊 白	041
强者的低调	高 莉	042
世界还很年轻	刘丽丽	043
让教育拐个弯	宋 辉	044
人生的重量	王传珍	045
关系剧本，你拿的是哪一种	黄 澜	046
若一生平凡，你会后悔吗	小鲈鱼	047
一束微光也能照亮前行的道路	木 衫	048
自在就是不讨好这个世界	郭 红	049
少 男	刘庆邦	050
那些租来的房子里也写着生活	周云蓬	051
痛苦是一种自我选择	于德志	052
钟表匠	万馨潞	053
内向是对内向者的保护	遇言不止	054
对青春的尊重	程 刚	055
如果想认识一个高不可攀的人	林特特	056
再 生	华 姿	057
穿上别人的鞋思考	二公子	058
长大这件事	高 源	059

意林 高票好文

目录

没有一种生活叫“最好的生活” 林一芙 060

因为“穷”，才要活得更丰盛 闫晓雨 061

摘掉棉花顶芯 陈云鹤 062

人生的抉择 叶 新 063

远离家人控制的人生 安 宁 064

“三十而立”，到底立啥 乔 迈 065

等一场大雨 王言月 066

开舱手冯毅 邱晨辉 张 梦 067

苦尽甘来 梵七七 068

告别“伪勤奋” 洞见 hongzhuang 069

不要轻易给别人贴标签 王国梁 070

我们都是对比下长大的孩子 木子囍 071

“充电宝”那样的人 倪西赟 072

人生有三把钥匙：接受，改变，放下 李思圆 073

“有意思”和“有意义”的生活 陈鲁豫 074

这届年轻人，不会只打一份工 上流工作室 075

被母亲逼着搬出去住的那些天 明前茶 076

没好球鞋，依然享受打球的快乐 桌子先生 077

年轻是一种氛围感 艾小羊 078

摆脱内耗的纠缠 乔 贝 079

心态高过云端，姿态埋入地底 刘 润 080

意林 高票好文 目录

你的苟且，正在成为别人的红利	王耳朵	081
围城的斜杠	蓬 山	082
我为什么要工作	欧阳宇诺	083
株洲，241 岁的“中国合伙人”	城 君	084
我曾经有几秒钟大脑一片空白	翟树杰	085
塑 造	明前茶	086
“静”中藏个“争”字	齐 夫	087
学龙虾做人	米 哈	088
正确的时间管理	孙 欣	089
我，正在努力克服“29 岁综合征”	王言月	090
读书给我的人生带来了什么	冯 仑	091
谋生·谋智·谋道	鲍鹏山	092
明明三十岁，仍然觉得自己是个孩子	译 言	093
人人皆可为国王	梁 衡	094
向内求	马亚伟	095
摒弃“麻木快感”	晨 曦	096
苟且红利	刘 润	097
有些风景不属于你	李筱懿	098
为什么有能力的人却没人敢用	黄启团	099
用读书打造竞争力	冯 仑	100
蜇人的蜜蜂	刘琪瑞	101

意林 高票好文

目录

风浪平衡术　程一鸣　102
你情绪不好，是因为读书太少　洞　见　103
努力活得像个孩子　李晓萍　104
提高自己的“屏蔽力”　林子树　105
阅读是一种打开　孙　藜　106
水稻的十八岁　沈希宏　107
只要有你　冯　唐　108
驯鹿的悲剧　朱永波　109
生命里没有哪个阶段最好　蒋　勋　110
你靠过弱联系吗　万维钢　111
道路以读书　Harps　112
留条缝隙让别人爱你　远　近　113
沟通的角度　文公周　114
眼　罩　刘琪瑞　115
须臾之美　高玉霞　116
几时重　叶嘉莹　117
猴子的教训　yebo　118
忠于每一天　罗　翔　119

周承钰：24岁成为文昌航天首位女指挥

□苗向东

2020 年 11 月 24 日，嫦娥五号探测器在中国文昌航天发射场发射，指挥员居然是位“95 后”女生——周承钰。人们好奇地问：“她凭啥？”

女汉子

周承钰 1996 年出生在贵州，是位土家族姑娘。中学时就读于贵阳市清华中学，她是校运会 400 米接力的主力选手，在十人参赛只收一名女队员的高难度综合素质挑战赛中脱颖而出。一次校运会入场式时，队列中喊口号的班长临时有事请假了，老师让承钰紧急“上任”，她洪亮的口令，带着全班获得了初中部第一名。2014 年她以优异的成绩考取国防科技大学，大学毕业后来到了文昌。单位为了提高大家的体能，经常举行 3 千米越野赛跑，承钰是其中年龄、个子最小的，没想到在测试中她不但没有落伍，还超过了大部分男同志，令大家对她刮目相看。在此前的长征五号遥三火箭测试任务中，周承钰被定岗在位于脐带塔 15 层的二级连接器配气台。通往 15 层的路被称为“天梯”，这是倾角接近 90° 的 180 多级钢铁台阶，很多人出现“恐高症”，她却一天要来回四趟，并长期在高空作业。那是充满高压气体流动的空间，夏天高温达 40℃，没有空调，声音嘈杂，她埋头干了整整 60 天，把这个“边缘岗位”打造成“党员先锋岗”。“肯吃苦”“有毅力”“女汉子”成了她身上鲜明的标签。

花木兰

这次嫦娥五号探测器的发射工作，周承钰成为单位领导心里指挥员的最佳人选。可是进行液氮调试时，跟上一次相比被压缩了半天，要把时间抢回来，她忙而不乱；在空调脱落测试过程中，由于管路太重，周承钰看操作手吃力，就直接上手帮忙搬运几十斤的管路，她的身先士卒，鼓舞了士气。她每天在发射塔上下奔走，协调各种工作，现场指导解决问题，几天下来，脚肿了，嗓子哑了，但是她就像“铁人”一样，累不倒、打不垮、顶得上。因为连接器系统复杂、技术受限，是整个指挥工作中最容易出错的地方，她胆大心细，柔中带刚，把系统内 30 多个操作手拧成一股绳，大家每次在测试过程中听到她熟练的、果断的、坚毅的口令，都信心倍增，在她高效、准确的指挥下，啃下一块又一块“硬骨头”，提前圆满完成了各项测试任务，交出了一份漂亮的成绩单。

周承钰是队里唯一的女性，她调度 30 多个男同志开展各项工作，被称为“航天‘花木兰’”。新时代女性英姿飒爽、巾帼不让须眉，她们是智慧、理智、专业、勇敢的代名词。

最终嫦娥五号探测器在周承钰的指挥下成功发射，周承钰不负众望，此后她光荣入选中国妇女报社评出的“2020 年十大女性新闻人物”。

（图 / 李倩莹）

变通能力

□徐大维

财经作家吴晓波，以著作《大败局》《激荡三十年》而闻名。

2008年，为了配合改革开放三十周年，第一财经计划将吴晓波的书《激荡三十年》拍摄成纪录片。为保证拍摄的成功，节目组请了一个曾经在央视工作过的人来做策划，这个人的名字叫罗振宇。

那是吴晓波和罗振宇第一次相识，当时已经成名的吴晓波，对眼前这个胖子并没有什么特别的感觉，但是接下来发生的事，让他对其另眼相看。

纪录片准备拍30集，而且预算只有300万元，需要在4个月内拍完。

第一次策划会，大家就傻了眼，因为这简直就是不可能完成的任务。

且不说那少得可怜的预算，也不说如此短暂的时间，最难的是对《激荡三十年》中人物的采访。

要知道，这本书写的都是中国当代知名的企业家、政治家、经济学家，无一不显赫鲜亮。想要在3个月里全部预约、采访——哪怕是完成一半的任务，几乎也没有一点可能性。整个团队陷入了绝望之中。

阴暗的会议室中，罗振宇晃了晃自己的胖脑袋，缓缓说道：“为什么非要采访当事人？不能采访旁观者吗？”

大家一时蒙圈，罗振宇清了清嗓子接着说：“我们书中的当事人，一个也不请，只做外围采访。比如，张瑞敏不是砸冰箱吗？我们不用采访他，而是把报道他砸冰箱的第一个记者找过来。”

大家顿时呆住，因为这个建议太过奇葩，最后效果如何谁都心里没底。但是，仔细一想，这似乎是唯一可行之路。

于是，节目组马上动手，在两个多月里找到了将近300个与当事人相关的对象，进行集中式访谈。

《激荡三十年》中的知名人物一位也没有出现，即便是有机会采访到，也被团队有意绕过。

最后，节目拍摄按时顺利完成，效果如何呢？31集财经纪录片《激荡：1978—2008》在东方卫视播出后，抱回了该年度国内大部分新闻纪录片大奖。

事后，吴晓波评论罗胖这个神来之笔时说：“这真是一个天才的方法论上的革命，它把拦在眼前的难题都变成了马奇诺防线，一旦绕开，豁然一马平川。”

现实就是这样。无论你想做成什么事情，根本就没有天衣无缝的完美时刻，总是存在这样或那样的瑕疵，不是资源不足，就是时间不够，或者是难度太大。这些“拦路虎”会让你动摇实现目标的决心，对所有困难束手无策。

而能成大事者，大都不会与“拦路虎”撞得头破血流，而是懂得绕开，寻找另一条道路抵达终点。

（图/罗再武）

熬过无人问津的时光

□马　叛

提起别人成功的经历，总是不那么能说服身边的人，毕竟那些人离我们那么遥远，像电影故事一样。

其实如果换个角度，我们每个人的人生，都是一场电影。时光倒退到2004年，我那时候和大多数人一样，心怀梦想，却被现实困住。想要进入音乐圈，可是我看不到路在哪里。想当一名作家，可是我给无数杂志社投稿，都没有收到用稿通知。

我清楚地记得，从2003年到2005年，我投了两年的稿子，没有投中一篇，那是暗无天日的两年，女朋友受不了我的平凡离我而去。我也嫌弃自己痴人说梦。

但现在回过头看，也正是那两年的屡战屡败，屡败屡战，使我的写作功力突飞猛进，为后来出书打下了坚实的基础。

时光倒退到2001年，那时的我连梦想都没有，只知道自己不想过平凡无聊的日子，不想背永远背不完的单词，不想写永远写不完的数学作业。

那时候我做了什么呢？我天天背诵古诗词，唐诗宋词元曲加起来背了超过两千首。背诗词对那时候的我来说就是一种发泄。发泄对现实的不满，对平凡的不甘。当然，主要还是发泄迷茫。

那时候哪儿有人围在我身边，没有，也没有人说我自带热点。伴随我的只有冷眼和嘲笑。我的家庭并不富裕，爸爸早就想让我帮他打理生意，那时候我家里还是负债状态，哥哥结婚用钱都要东拼西凑。

出身平凡，家里往上一代一代数，不是农民就是小商人，从未出过文化方面的人才。这样的我，只能靠自己。只能不断地坚持，因为我知道，只要我在坚持，就有成功的希望。只要我放弃，就意味着我此生再无成功的可能了。就像做实验，不怕你失败九百九十九次，只要你还在做，就有成功的可能，就怕你不做了。

只有一直坚持做好的作品，有一天放在更大的舞台上，才会被关注和认可。让某个人成名的永远不是某个平台，而是那个人的坚持。

巧妇难为无米之炊，平台就是巧妇，默默坚持做好作品，打死都不愿意放弃的人就是米。米比巧妇重要。巧妇就像是机会，抓不住这个还有可能抓住下一个。但若没有金刚钻，给你一个瓷器活，你也只能大眼瞪小眼。

现在很多年轻人不努力打基本功，却渴望被所有人关注，渴望一朝成名，其实是本末倒置。因为假如你没有打好基本功，没有真才实学，而被关注了，才是你苦难的开始，你只能像小丑一样度过你的余生。

不怕没有人关注你，怕的是关注后，你什么也拿不出来，没有什么可供人崇拜和喜欢。

（图 / 张翀）

人生的四种孤独

□许可可

我理解的孤独有四种。

第一种，浩渺宇宙的孤独。“前不见古人，后不见来者。念天地之悠悠，独怆然而涕下。”“高台孤矗昂首望，穹凄尽兮宙宇敞。”“千山鸟飞绝，万径人踪灭。”人在大开大合又无人所扰的风景中，特别容易产生这种感触。记得有一年在南非，看了荒芜的草原、雄浑的高山、咆哮的大洋，在笔记本上写下一句忘了谁说的话，“观江山，览风雨，常觉江山风雨之外，别有动人心者”。当时不知道到底是什么动人心魄，现在明白了，是浩渺宇宙高山流水给人的这份美丽的孤独。

第二种，生离死别的孤独。我等凡夫俗子一生中最难承受的无非生离死别二事，冰心的诗集里有句话：“生离，是朦胧的月日；死别，是憔悴的落花。”那种痛彻心扉的苦楚，岂是两个美丽的比喻能道之一二的呢?

“君埋泉下泥销骨，我寄人间雪满头。”第一次读白居易写给元稹的这两句悼亡诗，出声轻读了几遍，眼泪就淌了出来。不忍想象最难割舍的人先我而去，在某个杏花微雨的日子，抱着白色的百合到山间的某处祭奠、怀念。亦如李清照：“今年瘦，非干病酒，不是悲秋。”死别撕心若此，生离也难担受。正如一位法国诗人所说，分离就是轻微的死亡。还是白居易：“相知岂在多，但问同不同。同心一人去，坐觉长安空。”那个人离开了，整个长安的繁华都与我无关了，“从此无心爱良夜，任他明月下西楼”。

第三种，熙攘人群中的孤独。“冠盖满京华，斯人独憔悴。”年少时背了语文课本中那么多杜甫的诗，却鲜能真正喜欢。长大了才明白“沉郁顿挫”的背后是多么孤独苍凉的人生底色。好比我们参加了热热闹闹、觥筹交错的聚会，回到家打开灯，看到镜子里的自己，觉得陌生甚至丑陋，生怕哪天变成了王尔德小说中的道林·格雷。风风火火，凄凄惨惨。又如苏轼：“谁见幽人独往来，缥缈孤鸿影。”

第四种，迷失自己的孤独。从《琵琶行》说起，你知道琵琶女为什么“夜深忽梦少年事，梦啼妆泪红阑干”？我想，她不是因为想念重利轻离别的丈夫，而是想起轻歌快马的年少岁月，转身却发现自己在一叶孤舟中漂泊，那种痛楚，一定比思念更伤人。正如北岛的《波兰来客》：“那时我们有梦，关于文学，关于爱情，关于穿越世界的旅行。如今我们深夜饮酒，杯子碰到一起，都是梦破碎的声音。”

前几天朋友发来易中天的一篇文章《劝君莫谈陈寅恪》，读完深以为意。但此处作结，想不到比陈寅恪更恰当的一句诗：“一生负气成今日，四海无人对夕阳。”

（图/豆薇）

拓宽你的生活

□王国梁

得知朋友小姜正在学茶艺，我问她："学茶艺有什么用？"小姜说："我是在努力拓宽自己的生活！这世上的事，并非一定要有具体的用途才去做。学茶艺看似没什么用，但我从中领略到以前从未体验过的乐趣。从茶叶、茶具的选择，到烹茶过程的艺术操作，再到品味香茗的曼妙享受，都那么妙趣横生。我在学习的过程中，学会了放慢生活节奏，沉淀自己的内心，用诗意的方式来修心。我通过茶艺来悟道，在茶叶的浮沉、茶香的弥漫中感悟生活之美，体验人生之趣，心灵也得到了舒展、放松和净化……"

小姜的一番话，让我细细品味。时间有限，人生有涯，我们来到这个世界，难道不是为了做更多的事、走更远的路、看更多的风景、见更多的人吗？如果囿于太过狭小的圈子，一生都困在有限的风景里，岂不是白白辜负了人生的精彩？

我们要学会拓宽自己的生活。我所说的拓宽生活，不一定是去成就更大的事业，或者攀登人生巅峰，而是纯粹地让生活的版图更加辽阔、广袤、精彩和丰盈。有价值有意义的生活，都不妨积极体验，多多涉猎，开阔眼界，认识更多的人，找寻更多的新意。

我想起一个同学，人到中年，突然爱上了古琴。本没有什么音乐根基的她，一个偶然的机会，看了古琴表演，起了学琴的心思。从此，她拜师学艺，业余时间上课练琴，并认识了一帮志同道合的新朋友。她说，以前下班就在家看电视，单调枯燥，朋友圈很窄。现在，生活丰富有趣多了，还融入了更多的圈子。

这位同学告诉我：很多美好的事物，你未曾涉猎的时候觉得陌生。当你深入其中就会发现，里面是个别有洞天的世界。拓宽生活，等于为自己开了一扇又一扇的窗，窗外世界的精彩，亲历才能深深地感受和领略到。

如何拓宽生活呢？我的经验是从兴趣爱好入手。记得网络刚刚进入我的生活那年，我加入了一个驴友群。当时我的生活极为单调，就是三点一线的上班族生活。我想给平淡的生活注入活力，给自己的人生注入新鲜元素。我喜欢旅行和摄影，于是，我加入了这个驴友群。群里经常组织外出游玩，有时骑车在近郊走走，有时乘车奔向远方，畅快放松。行万里路，一次次出游，我的旅行经验越来越丰富，眼界也开阔许多，真的可以说不枉此生了。

有人不解，觉得我们东奔西走地旅行不仅累，也未给生活带来多大的收益。其实，我们走过的那些地方都留在了心里，成为人生精彩风景的一部分。

生活如此博大包容，如此精彩纷呈，还有那么多美好的新鲜事物等着我们去靠近，何不积极走出狭窄的生活，走出舒适圈，去接触更多的人和更多彩的风景，体验更诗意的生活？

愿你热爱生活，快意人生！

（图／麦小片）

你的精神长相能打多少分

□王月冰

单位要组织一场球赛，由我负责安排球场。在朋友的推荐下，我见到了某球场的负责人，竟是我的大学同学小盈。我惊讶于她的气质，像换了一个人。原本很普通的她，如今在人群中脱颖而出，不是漂亮，而是明媚、知性、阳光。总之，让人舒服，令人愉悦。

小盈告诉我，刚毕业那几年，她很自卑。有一次去面试，面试官直接对她说："我们想找一个精神长相好的。"精神长相是一个人的言行举止及神态等散发出来的精神力量，好的精神长相是神情有光、言行有分寸、心中有爱、待人有修为，那是一个人永不过时的强大资本与魅力。这种人，真是魅力四射呀！小盈决定做这样的人。

她给自己列下修炼计划——外形上做到清爽、得体；每天留出固定的读书时间，做详细的读书笔记和抄录；每天40分钟的静站，顺带冥想；两天一次的长跑、健身；上语言和礼仪形体课程；尽量多笑，交谈讲究遣词用句，给自己录音频和视频研究优缺点，根据每天的交际效果做出调试；学一种乐器，以此了解音乐、享受音乐。

相由心生，心中有梦想、有爱、有善良和美好，才能露出干净的笑容，才能有明亮的眼神。

小盈经过一段时间对精神长相的修炼，各方面都比较突出。小盈以前结识的一位朋友创办了一家大型体育综合馆，邀请她去做销售。小盈觉得体育馆各种会员卡的销售以及场地的出租业务面对的客户比较高端，对自己是很好的挑战，于是答应了。

体育馆里的销售人员都是帅哥、美女，小盈的外貌并不出众，但她的业绩渐渐领先。最初是大部分女客户找她，后来男客户也找她，客户们说她让人感觉舒服，与她打交道，如沐春风。

小盈还经常做义工，安静而诚心地去做一些善举。她说这种付出特别养心，教会她宽容、平和。她参加过多次救灾行动，思想、眼光、格局都由此开阔。

如今的小盈，已是几家健身馆、球馆的负责人和合伙人，老公是很多女孩梦寐以求的精英男，而对方正是被她的精神长相以及背后的内涵所吸引。结婚多年，他们相互滋养，恩爱有加。

有人说，以貌取人其实是公平的。这个貌，就是一个人的精神长相，是他读过的书、走过的路、做过的事、处过的人事的综合投射，是他每一天每一时学习、工作、经历的沉淀。好的精神长相，不惧时光岁月。所以，从此刻开始，用心打磨和呵护你的精神长相吧。

（图/木木）

我只是看上去比较聪明而已

□王啊喂

我从小文科要明显好于理科，识字和背诵能力很强，因此被授予了“聪明小孩”的称谓。事实上，我在小学阶段，一直就是传说中的“别人家的小孩”。

到了高中情况发生了很大的逆转。高一的数学和物理与初中严重脱节，可以说，高中数学才算真正意义上的“初等数学”。因此，从那时起，我的数学和物理成绩一直很不理想。我们班当时的物理老师是一个脾气暴躁的大叔，特别喜欢骂人。自此我便陷入了恶性循环，他越骂，我成绩越差。

大概到了高一下学期，快期末考试的时候，我觉得这样是不行的。虽然我读文科也不是不可以，但数学和物理始终是要迈过去的一道坎。

于是我做了一个决定。我找到物理老师，向他要了两个学期以来所有的课件和笔记，一道题一道题地过。至于数学，我找到一个离我家比较近的数学老师，跟他提出，能不能一对一地辅导我。他一开始不愿意，但是我软磨硬泡，他终于同意每周抽出两个小时，把课本上的内容详细地原原本本地给我“捋”一遍。

于是，差不多一个半月之后，期末考试，我的数学考了115分（满分120分），物理则考了全班第二。让我非常高兴的是，这些解题能力并不是我依靠背诵的技巧获得的，而的确是做了大量题目以后扎扎实实掌握的。我高中毕业已经快6年了，但是时至今日，我依旧记得自己那个时候一道题一道题地去做，终于有一天恍然大悟的样子！

还有一个故事。

我上高一时，同班有一个女生，数理化成绩非常差，但是非常勤奋。即便上文说到的物理老师，看到这个女生惨不忍睹的物理成绩，也从来没有骂过她。因为她真的很认真，但就是学不会。

于是高二分班的时候，我去了理科班，她去了文科班。到了文科班以后，听说她依旧很认真，但成绩依旧没有起色。所有人都觉得，她这么认真没什么用。但是高考的时候，这个女生总成绩拿了全年级第二，而且进了全省文科前100名。

此时，没有一个人再说，这么认真没什么用。

有些事情，你永远都没办法做到“顶尖”，因为智力跟不上。但是所有的事情，你都可以做到“高段”，因为它需要的是时间的累积和精力的打磨。不聪明与聪明之间的区别，是很微妙的。有时候我们只会通过一次两次的结果，来判断整个人、整件事，其实这是不明智的。

从小，邻居和亲戚在谈论我的时候，都觉得我很聪明。但是只有我自己知道，我从来没有聪明过，只是看上去比较聪明而已。

（图/木木）

一场父子酒局

□孔老师

高三那年，和父亲再次聊起未来。他希望我学医学、法律或者理工科，这些东西经世致用，也意味着毕业后能找到好工作。至于我一直喜欢的文学，他不以为然：搞文学的最后都饿死了。

他的语气从来都是不容置疑的，我也从未吐露过不满。那一次，或许是学习压力太大，我不知哪儿来的勇气呛了他。军人出身的父亲在震惊之余，掀翻了桌子。

我放下碗筷就往门外走，身后传来父亲的咆哮。沿着京九铁路线，我一直往南走，试图扒上一列火车，但它们都呼啸而过。天已经黑了，我越发泄气，只好掉头往家走。到家已是后半夜，父母屋里的灯还亮着。母亲走出来，手指戳我的额头："你们爷俩简直是一个模子里刻出来的。"

那是1996年，在山东老家，同辈的孩子们没有人敢直接反驳父辈，最"忤逆"的方式是私自行事。填写高考志愿时，我偷偷写上了"曲阜师范大学中文系"。录取通知书到来那天，是家里气氛最阴沉的一天。他站在院子里铁青着脸，没有拿鞭子抽我，但半个月没跟我说话。后来每次见面，他话里话外都带着讥讽，尤其见我背了一整套文学名著回家，他会愠怒。在饭桌上，他不断提起自己当年在部队里的威风场面——曾有上万人听他一个人讲话。

我沉浸在被父亲打压的不忿里，从未注意过，其实他和这个家庭都在走下坡路。他所在的国营饲料厂效益大减，甚至无法一次性拿出我和哥哥一整年的学费和生活费。母亲念叨过，我的学费是父亲向厂里预支工资才拿到的，我以为她在开玩笑。

直到大四那年开学，父亲执意送我。坐上汽车的一刹那，我无意中回过头来，看到父亲穿着我军训时的绿军鞋，一根脚趾露在外面。而我记得军训过后，就把它丢到垃圾桶里了。那一刻我才明白，这个男人在背负着什么。

国庆大阅兵时，他打开一瓶酒，顺手给我倒了一杯。这是他第一次给我倒酒。我推托道："我不喝酒的。"父亲的神情突然有些落寞，但还是说起当兵往事。只不过这一次，他讲的是那些糗事。我听了和母亲一起笑，家中氛围首次轻快起来。

过了几个月，我开始和父亲小酌。他再也没有讽刺过我的文学梦，反而告诉我，这条路不好走，要多多努力。我听街坊说，父亲经常在外炫耀我这个儿子，又写了多少文章，仿佛自己的脸上贴了金。但当着我的面，他从来不提我写了什么。其实我知道，我写的东西他都看过。

（图/吴敏）

状 态

□王安诺

我没有运动细胞，因此特别喜欢看体育比赛。尤其奥运会，是全球人体各种极限运动精华的集中展示，对我而言，就更像看一个个奇迹：比如跳水、体操、蹦床，那空中一串串眼花缭乱的跟斗，看得我目瞪口呆，只有“啧啧”惊叹的份儿，想起以前在学校上体育课时也做过前滚翻，脑袋顶着垫子撅着屁股两腿一用力，才能成功地翻过去。还有号称“小魔女”的孙颖莎，我是心甘情愿当了她的粉丝，稚气未脱才21岁的小姑娘，一派大将风范，女单半决赛、女团决赛，她对阵的都是日本“一姐”伊藤，这个选手，打败过除陈梦外所有的中国女选手，但是一看孙的表情，就放心了。对面那位又是跳又是叫，这边这位一脸老干部的沉稳和淡定，半决赛第二局落后八分，面无表情连追六分，4比0横扫对手。那小白球闪电般来回飞，怎么能拍拍都打得那么准？小时候打乒乓球，对方开一只慢球过来，我也打不中呢。

看比赛，听解说和评论，有一个词常被提到：状态！赢了，说状态好；输了，说状态不好或者不在状态……那状态是什么呢？它似乎不受人支配，来无影去无踪把握不住，运动员参赛谁不想状态好呢？但是就有那么一些似有却无、似无却有的因素，在当事人没意识到的情况下，悄悄在影响状态，决定胜负，想抓也抓不住。记者采访14岁的跳水冠军全红婵，问她跳之前在想些什么，她说没想什么就跳下去了。比如女排，核心队员刚在国际联赛上打败意大利、巴西、美国等强队，连郎平都说准备得很充分，谁又料到连小组赛都没出线？状态太重要，也太难了，一切都是现场，当场，那就是赛场上看你的表现。平时练得再苦，赛场上没有状态发挥不出水平，就一切归零。据说，阿根廷球星马拉多纳赛前都要去教堂祈祷，除了求上帝保佑自己运气好，还要保佑自己在比赛中有最好状态。这看不见摸不着，只有赛场上的运动员能现场展现出来的状态，也许就是竞赛体育的魅力，也是它的残酷之处。赛场充满悬念和意外，什么都可能发生。

所以，当运动员是要有点自我牺牲精神的，因为太难太苦，风险又很大，它不可能是终身职业，占去的却是你生命中最青春、最美好、最强健的一段，大部分人默默苦练，最后只是宝塔的基座。挑战人体极限，必须在比赛现场证明自己的竞赛体育，注定是宝塔型的，只有足够厚实的基座，才扛得起辉煌闪耀的塔尖。向所有献身中国体育事业的运动员致敬！

（图/豆薇）

两个面皮摊

□曹化君

每天经过的路口有两个面皮摊，一个在路东，一个在路西。都是女摊主，年龄不相上下，却一眼就能认出来。一个矮胖，一个高瘦。

东胖每天都安静地调制面皮。西瘦却忙得不亦乐乎，切面皮，拌调料……嘴也忙着：倍儿爽面皮！清爽可口——

目光也忙着，一遍一遍地往马路上扫，哪张脸上写着“想吃面皮”的字样，就跑过去，把那人拉到摊边，按到座位上。

我佩服西瘦的机灵和敏捷，更佩服东胖的沉稳和定力，夹杂着些微的同情。

一天，路西空寂寂的。东胖说，西瘦家孩子结婚，没来。

说话间，走来一个顾客。东胖没完没了地盘问起顾客：喜不喜欢吃辣？重口味还是轻口味？喜欢面皮多一点还是黄瓜多一点……

终于问完了，拿出面皮、黄瓜、刀，才切了一丢儿就停下来，把切好的一丢儿面皮和黄瓜丝装到一个小盘里，然后拿出这调料那调料，依次倒进小盘，拌匀了，递给顾客，笑眯眯地说，尝尝。

好在顾客是个慢性子，好在顾客尝完后说很好，东胖很带劲儿地忙活起来。

如果顾客是个急性子而走掉，如果顾客说太咸，太辣，太香……东胖一定会后悔或烦厌，到时我就趁机开导开导她。

很快，我就放弃了要开导东胖的想法。东胖接下来的举动告诉我，即便顾客等不及而走掉，她也会严格遵循盘问顾客，切一丢丢，装一小盘，让顾客尝尝等一系列工序或流程。如果顾客说太咸，太辣，太香……她会一遍一遍重新调制，有几个“太”，她就重调几回，直至将“太”清零。

为什么多此两举？为什么不省出时间多调制几碗面皮、多招待几个顾客？

东胖听到我的心声似的，用开玩笑的口吻说：“都说众口难调，我就挨个儿调呗。我没别的本事，就靠着卖面皮了，如果可以的话，我就卖一辈子面皮……”

这是一个心地善良但笨口拙舌的人，这让我对她的同情又添了几分。

西瘦第二天就出摊了。东胖默不作声地闲着，西瘦忙不迭地吆喝：“倍儿爽面皮！清爽可口——”

不知道从哪天起，两个面皮摊的生意倒了个个儿，东摊前的顾客满满当当，西摊前却空无一人。

东胖也茅塞顿开，顺势而为，省去了“盘问”和“小盘”的环节，一碗接一碗地往桌上端。正要夸赞她几句，东胖笑灿灿地说，都是老顾客，他们的口味我都记在心里了。言外之意，新顾客依然要盘问，切一丢丢，装小盘……

后来，路口就剩下一个面皮摊了。东胖每天默不作声地忙活，脸上沁满细密的汗珠。

（图/兜子）

毛坯房给了“95后”女孩什么

□张　丰

江苏泰州95后女孩小莉付了28万首付，买了一套房子。她住到了自己的房子里，这平平常常的一幕，却感动了万千网友，因为那房子还是毛坯房，完全没有装修。

就像她说的，里面每一把泥土、每一粒灰尘都是自己挣来的。她打工10年，才挣到这套房的首付。120平方米，8500元一平方米，每月还贷3000元，尽管有很大压力，但是拥有了一套自己的房子，还是给了她很大安全感。

“95后女孩打工攒钱10年买房”，励志背后其实是一种相当沉重的人生。

出生于1995年的话，今年才26岁，10年前才16岁，那正是好好读书的年龄，但是小莉早早辍学了。

她羡慕的是那些能够读大学的人，比如她的哥哥，就还在校园里读书。从这个角度看，这是一个“原生家庭”不公平的故事。

她要买房的时候，妈妈还不赞成，“你有钱的话，不如回来修房子”，这才是农村女孩更普遍的命运。

28万并不是一个太大的数字，但是对小莉来说，这笔钱是她一点点攒下来的。她做过各种工作，19岁时还开过花店，尝试各种可能，就为了拥有自己的房子——这是她的志向。

房子对她来说，就是一个新世界。走出原生家庭，也走出“父母期望和限定的人生”，过上真正属于自己的生活，不管多艰难。

在接受记者采访的时候，小莉表示有了房子，“在落魄的时候能够有个容忍之所”，这是基础，也是起点，所以她才有勇气憧憬属于自己的爱情，希望找一个自己喜欢的人，而不是父母安排的未来。

很多90后青年，大学毕业后不靠自己的努力买房，他们更多依靠父母。与此同时出现的一种现象是，很多年轻人在恋爱和结婚的时候，更多听从父母的意见，而不是自己拿主意。

在经济学上，这当然有道理，因为父母作为“出资人”，理所当然拥有对你生活的发言权。

很多年轻人羡慕小莉，并不是羡慕她的房子，因为他们住的房子可能要好得多。他们羡慕的，正是小莉为了追求独立生活所付出的勇气和韧劲。

小莉完全有理由“放弃”，或者抱怨，但是她选择的是默默坚持，而不是承受。

我们必须记住，为了拥有“自己的房子”，她付出了10年的辛苦。正是因为这种坚持，才让她现在的生活显得格外动人。

她不像一些同龄人那样热衷“社交”，而是下班后回家自己做饭。

我们可以从她的“日常生活”中看到更多珍贵的东西，而不是仅仅惊叹于毛坯房的简陋或者买房的高光时刻。

（图／李倩莹）

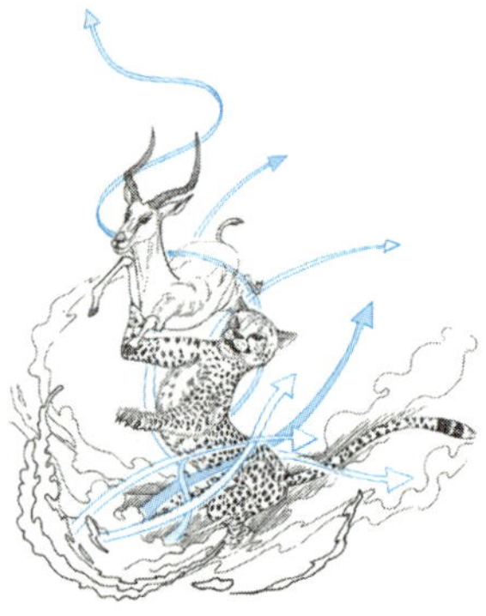

猎豹思维与羚羊思维

□连　岳

科比曾谈过如何教育女儿，我觉得很有价值。大意是他对女儿说："你要当猎豹，不要当羚羊。"

女儿说："我想当羚羊。"

科比说："那好吧，不过，我希望你当那只跑得最快的羚羊。"

作为一名好胜的杰出球员，科比知道世界的本质是优胜劣汰，适者生存，他也有勇气接受这点。这是理性的，它唯一的缺点就是显得太冷酷，所以聪明一点的人，都不太愿意直接说出这个观点，以免受到攻击。他们一定会按这个原则行事，无论命运安排他们当猎豹还是当羚羊，他们都尽力跑得最快，跑得最快的猎豹才能抓住羚羊；跑得最快的羚羊，猎豹才抓不住。

更多人的思维是感性的，受不了羚羊被捕食的场景，尤其是这个场景有特写、展示丰富的细节、慢放、加上悲情的背景音乐，他们就认为猎豹是邪恶的，无法接受进化论。

一个人成长的过程，就是从感性走到理性的过程，在它们之间取得平衡。感性与理性的平衡，更多体现为抑制感性，因为人不缺感性，人对信息的第一反应就是感性，理性的思考链条长一点，辛苦一点，理性反而需要激发。

羚羊被猎豹吃掉很可怜，没有一只羚羊应该被猎豹吃掉，这是感性。如果这样的话，那么猎豹全得饿死，很可怜，这个推理就是理性。感性与理性平衡的结论是：我们不应该擅自打扰这个生存竞争，跑得最慢的羚羊被跑得最快的猎豹吃掉，这是自然运转的正常现象，我们看了于心不忍，但它是正常的，无解的。

人每天都在接受挑战，我们也像猎豹一样辛苦，像羚羊一样无助。我们做的一切努力，都是在这挑战中生存。我们锻炼，控制体形，那是知道，疾病时时在攻击免疫系统，如果太衰弱，一次轻微的感冒就能夺走生命。我们努力工作、储蓄、维持现金流、理性投资，那是知道，经济中有黑天鹅，可能出乎意料地剧烈波动，财务不健康的人，在那个时刻就会破产。

有人说得好，我愿意去同情那些失败者，虽然这同情也没什么用，只是让我自己感觉好些，可是，我绝对不允许自己沦为被人同情的人。这想法挺好，同情别人不是为了换取对自己的同情，对自己严厉一点，别那么多愁善感，尽力跑快一点就是了。

（图/兜子）

不要赠予虚空

□李松蔚

高考之前，有的父母会这么鼓励孩子：我们对你没有期待，你正常发挥就好。

这是谎话。期待多多少少都是有的。与其藏在心里，不如用肯定句把它讲出来。

只有说出来，才是一个明确的期待。明确的期待就有可能成功，也有可能失败。失败让人痛苦，但这份痛苦不容回避。不能因为害怕达不到，就把期待藏起来，视而不见，仿佛就可以不痛苦。

这样藏下去，也不会有快乐。没有期待，也就没有前进的方向，没有遍历辛苦的快慰。对人对事都是无可无不可，只剩下虚空。孩子感知不到父母的期待，反而心慌。这意味着无论他做得有多好，父母都是不满意的。那他做事的意义又在哪里呢？

那些感知不到期待的孩子，比起有期待而达不成的人，是另一种绝望。再怎么爱孩子，也不要把虚空作为赠予他们的礼物。

我有个来访者，在大城市做着一份996的工作，她的父母在老家做小本买卖。有一次她为了一个项目连轴转了好多天，累得受不了了，给父母打电话。父亲说那就不要干了呗，钱不够我们给你打。

她说自己听到这句话，当时就崩溃大哭。996只是让她累，没有让她崩溃，但这句话让她感觉自己累得毫无价值。——没有人对她做的事抱有期待。

她知道父母的生意并不是特别顺利。她宁可父母表达一点为难，说："你虽然累，但我们暂时也帮不上。"但父母就是不说。他们不是没有期待，只是把期待藏起来了，就像高考前说"考不上就算了"这种话一样，为的只是让自己无可指摘。

我告诉她，她只需要父母一句清清楚楚的表达。我让她去问："你们是不是想让我辞职？"

父亲说："你想辞就辞呗。"

她说："我问的是你们想不想。"

父亲说看你多可笑，这明明是你的事。

她说："我知道是我的事。你放心，决定最终由我来做，我只是想知道它对你们的影响。"

父亲扭捏了半天，说影响不大，都可以，最后被逼得没办法了，说："我觉得你不上班挺好，家里生意是困难，但我出点钱供你，反而安心。"女儿说："我懂了，你想要的就是孩子什么都不干，你们好扮演无私奉献的父母，对吗？"

她挂了电话以后，大哭一通。

然后神清气爽地继续加班。真的，有时要的就是这么一句实实在在的话。同样说辞职，说"你想做就做"和"我想要你做"，差别就有这么大。父母不愿意提希望，未必是自私，也可能只是一片好心，宁可自己隐忍，只想多给儿女自由。但说不定因此制造了更多困惑。

以为是在赠予自由，却赠予了虚空。

（图/豆薇）

弯腰

□张 勇

《聊斋》中有一则《狂生》的故事，读之常能拨动心弦。

济宁有个狂放不羁的书生，家贫如洗，很爱喝酒。新上任的刺史也喜欢喝酒，常找狂生对诗饮酒，两人在清风明月中吟诗，觥筹交错里共醉，成了酒友。很快，方圆几百里的人都知道狂生是刺史身边的红人，一些有冤屈、要打官司的人，便给狂生送点酒肉，请他帮忙在刺史面前说情。狂生讲义气，常利用与刺史饮酒对诗的机会，巧妙地替人讲情。头几次，刺史给了狂生面子，次数多了，就有些烦。一天，狂生又在刺史面前替人说情，刺史冷笑，不置可否。狂生顿时狂劲大发，纵声大笑说：“行就行，不行就拉倒，你直说嘛，摆什么谱！”刺史发怒：“你怎敢如此无礼？难道不怕我将你全家灭门吗？”狂生听后，拂袖而去，撂下一句硬话：“穷秀才无门可灭！”幕僚告诉刺史：狂生连家都没有，寄居在城墙的过道上。刺史下令，不准狂生住在城墙上。狂生无处栖身，以前那些受过他关照的人，筹钱购买了一块地，建起两间瓦房，帮助狂生娶妻并搬进新房。狂生喜出望外，打量着自己的新家，叹息说：“我现在有门可灭了！”此后，他每次见到刺史，都低头弯腰，毕恭毕敬。

这个狂生无牵无挂时，恃才傲物，不把地方官放在眼里，待到他拥有了斗室薄田，有了家室之负累，就有所畏惧，不再轻狂，腰便塌了，前倨后恭，着实可厌，我们身边这样的人恐怕为数不少吧。

腰非不能弯也，有些弯腰，弯得好，值得点赞，让人肃然起敬。中央电视台编导周兵回忆起季羡林老先生的一件事：他和白岩松一起到季老家做《学者访谈录》的节目，季老当时坐着，白岩松要给季老一张名片，就从兜里往外掏，这时，季老立即站了起来，弯着腰等着他掏名片。可白岩松掏了很长时间，季老就一直弯腰等着，多年以后，周兵对这个场景还感动不已。他感慨道：“做人做到这份儿上，真让人敬佩！”真正的大师，不仅以自己的知识和才华影响他人，也以自己的待人细节来感动他人，这就是大师的为人境界，这种境界，永远值得我们仰望。

细微之处见精神，当修养成了习惯，举手投足便都成了风景。弯腰是一种姿态，是为了更好地挺起自己的脊梁；弯腰是一种风范，是为了创造更大的人生价值。韩信选择弯腰，因而成就大汉四百多年的基业；司马迁选择弯腰，因而书写流传青史的绝唱。青松弯腰抖雪而坚强美丽，稻谷弯腰生长而成熟厚重。正是人生中的一次次弯腰，才有了我们一次次的站立；正是人生中的一次次俯视，才有了我们一次次的仰视。

（图/孙小片）

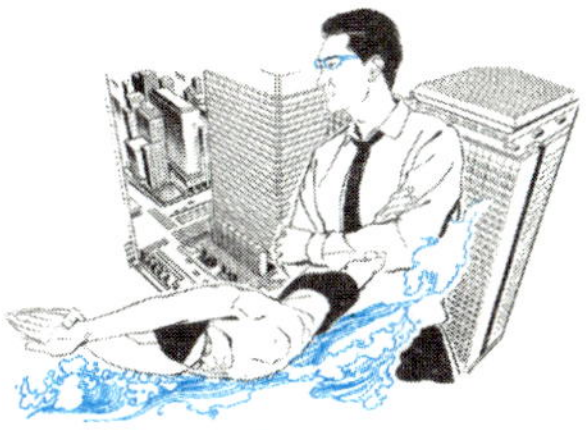

人生的转折点

□岑 嵘

我一有空就去游泳馆游泳。每次都会一边游一边想些事情，比如村上春树的小说《游泳池畔》中，主人公在游泳池里说的那些话——

“他对将35岁生日定为自己人生的转折点仍然毫不动摇。只要他有意，是可以让死一步步远离的，问题是长此以往，自己势必迷失明确的人生转折点……某日忽然意识到自己年已五十，而作为转折点，50岁未免太迟了……一过20岁，他就觉得‘转折点’这一念头对自己的人生乃必不可少的要素。他的基本想法是：要了解自己，就必须了解自己立足的准确位置。”

当我一次次触壁反身往回游的时候都在想，我该把什么时候作为人生和事业的转折点。

如果我是运动员，可能要把这个时间大大地往前推。1968年到2011年的男子网球大满贯锦标赛，冠军的平均年龄为24岁，24岁以后可能就是下坡路了，过去40年来年龄超过30岁的冠军选手不到5%。不过不同体育项目的事业巅峰年龄也不同，比如游泳在20岁到22岁，短跑在22岁到24岁，足球在27岁到29岁，而高尔夫则是30岁到35岁。如果我是艺术家，情况可大不一样。芝加哥大学经济学教授大卫·格兰森对人类艺术创造力做了详尽的研究。格兰森说，艺术创新者分为两类：概念创新者和实践创新者，这两类人的峰值年龄大不相同。概念创新者的作品标新立异，独具一格，毕加索就是典型的概念创新者，他的事业巅峰期在他26岁时，那个时期的作品是他所有作品中最有价值的。而保罗·塞尚是典型的实践创新者，他总是问自己：“我努力那么久，付出那么多的作品真正达到我想要的效果了吗？”塞尚的事业巅峰期在他67岁时，那个时期的作品代表了塞尚绘画的最高水准。

按照林少华的分析，村上春树早就过了他的巅峰期，而他的巅峰时刻是1994年、1995年写《奇鸟行状录》时。村上在写《游泳池畔》时，还处在他的上升期（1985年），不过他可能真的在那个时期，就开始考虑“转折点”这回事了。

有件事情让我略为沮丧，我已经到了赚钱最多的年纪的转折点，然而仍然没有发财的迹象，并且接下来赚到的钱只会越来越少。经济学家指出，人们年纪越大，做出的投资决策越不明智。也就是说，随着年龄的增长，投资实力在下降，投资者的收益也随之减少。投资者最赚钱的年纪在42岁左右。

我奋力甩臂划入水中，心想，即便过了转折点往回游，也没什么大不了的，因为正如村上春树所言，对人生而言，最关键的是对自己所处的位置有明确的认识。

（图／吴敏）

“我不够好”，是一种瘾

□丛非从

一个体验到“我不够好”的人，能找出自己的很多不好来。

有不好的地方很正常，金无赤金，人无完人。带着你的不完美好好生活就好了。可是偏偏有些人，就是要跟自己较劲，天天觉得自己不够好，真没用。

我相信每一个觉得自己不够好的人，都无数次听到过这样的话，然而这并不能改变他们对自己的评价。

一个同学说，他从不发朋友圈。我问他为什么，他说受不了别人批评。你发旅游照，就会有人说你嘚瑟。你发自拍，就会有人说你自恋。何必呢？

我就发现他有一个特点：只对否定感兴趣。你发朋友圈，批评和赞美，都会存在。然而你是为哪些人而做出的关于朋友圈的决定的呢？

当你做了一个演讲，有的人鼓掌，有的人在听讲，有的人在低头看手机。你更在意哪些人的表现呢？

当你提交了一份报告，领导做出了批评，要你回去改改。你是看到了“批评”，还是看到了“指点”？

我们活在这个世界上，做事情，必然会同时存在正负面评价。这时候考验你的注意力的时候就到了：你是在对哪部分评价做出反应？你的眼里有哪部分评价？

如果你只对负面评价有反应，那么你的眼里只有负面评价。这时候负面评价就会成为你世界里的全部。那么恭喜你，喜提新勋章——我不够好。

人对自己的评价是怎么完成的呢？

人都是通过环境反馈，来完成自我评价的。环境反馈包括他人言论、测评、资料、数据、专家言论等。更可怕的是，人一旦形成对自己人设的评价，他就不会再去全面看待现实。他会选择性看待现实，哪些现实符合我对自己的认知，我就对哪些现实感兴趣，只盯着这些差的部分。

这就叫选择性注意。

所以你很差，是事实吗？

是的。你很差，的确是事实，但那不是你的全部。你有很差的部分，也有很好的部分。你有很差的时刻，也有很好的时刻。你不是很差，你只是有的地方差。你不是很差，你只是不完美。

可是，谁不是这样呢？

所以你不需要矫正“我不够好”的认知，那有些自我安慰和自我欺骗。你只需要去拓宽你对自己的认识，不仅看到不够好的点，也看到足够好的点。对自我评价，你需要的是拓宽，而不是矫正。

你要知道，你在某些方面的确很差，可是这不影响你在另外一些方面非常好。

（图/豆薇）

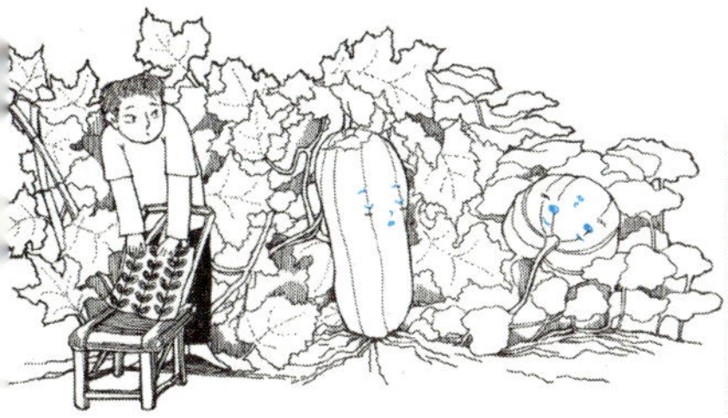

蔬菜也有脾气

□厉　勇

夏日里的菜园，是一道独特的风景线，瓜棚豆架绿意融融，豆角和丝瓜都像艺术品般安详地垂挂着，让人不忍去摘。红番茄如婴儿的脸蛋般诱惑着你，碧绿而肥大的冬瓜如小猪般躺在土地上，黄色明亮的南瓜花像一颗颗闪亮的星星……

在我眼里，蔬菜也有自己的脾气、性格。比如那葱绿可爱，非要把自己一层层包裹起来的包心菜，它估计缺乏安全感，所以要穿那么多件衣服；比如出淤泥而不染的莲藕，估计比别人多一些心眼；比如大蒜，它气味刺鼻，但懂得团结合作，抱团取暖；比如辣椒，别看外表鲜艳夺目，玲珑可爱，但是真不好惹，你若惹了它，就会被它辣到不敢再碰……

最近听了一个故事，更让我觉得蔬菜很有性格。单位的孙师傅，在办公室露台上种了一棵冬瓜，冬瓜的触角在露台空地上蔓延着；又在办公室过道前的空地上种了两棵南瓜，南瓜藤沿着车棚顶攀爬着。夏天是冬瓜和南瓜大量结果的季节，在乡下，随处栽一棵南瓜或者冬瓜，几乎每天都可以摘一个嫩南瓜，冬瓜也可以有不错的收获。

没想到，孙师傅只收获了一个冬瓜和一个南瓜。他带着神秘的表情对大家说，这是因为单位里人来人往，走来走去看它们的人太多了，“我小时候听过一个说法，冬瓜和南瓜喜欢在偏僻的地方自由生长，那里没什么人去打扰，所以它们哗啦啦一下子偷偷摸摸结出好多瓜”。

如此看来，冬瓜和南瓜可谓低调、谦虚、默默酝酿丰收的“好瓜”，我对它们的好感又增加了。

（图/麦小片）

充沛的人

□李银河

在人群中，可以看到活得兴致勃勃的人，也可以看到活得无精打采的人。

我有一个朋友，因工作安排，不得不长期与丈夫两地分居，退休后没事做，竟收养了一个小女孩，从头养起，现在孩子已经七岁了，非常活泼可爱，经常对她说：“妈妈，我能不能跟你聊天？”这位朋友告诉我，她每天都活得兴致勃勃，非常快乐。

我还有一个朋友，常年每天只睡四五个小时，为事业四处奔忙，很少在一个地方待一周以上，还挤时间写诗，写杂文，写小说。他有一次对我说起他的人生态度：整体空，具体欢乐。他的生命兴致勃勃，丰盈饱满，美不胜收。据说快乐可以传染，作为他的朋友也能感染到生命的欢欣。

其实，人除了这几十年什么也没有。是让自己的生命兴致勃勃充满欢乐，还是让它无精打采暗淡无光呢？这完全取决于你的选择。

真正能够给人带来快乐的是源于内心冲动的活动。人只要活着，就会有各种各样的内心冲动，或强或弱的内心冲动。

食与色是人内心最强大的冲动，所以古谚云：食色，性也。这是大部分人皆有的内心冲动，只不过有人强烈些，有人微弱些。

捕获是人内心的冲动，比如渔民捕到鱼，猎人打到兔子，商人赚到钱。

创造也是人内心的冲动，希望无中生有地造出一些美好的物品，比如木匠造一把椅子，音乐家写出一首歌，小说家写出一篇小说。

内心冲动越大的人，成功概率越高；内心冲动越小的人，成功概率越低。所以你看所有人生有光彩的人，都是内心冲动特别强烈充沛的人。

（图／木木）

自行车与逍遥游

□牛东平

自有轮子以来，骑自行车恐怕是最被低估的一项人类活动。谁能想到，人在正襟危坐中，能潇洒地带着两个轮子扬长而去，不仅速度极快，还竖立不倒，彻底颠覆了稳定源于静止的日常知觉。而自有自行车以来，学骑车给人的震撼，也超过了读陀思妥耶夫斯基或尼采，因为那几乎是人生中第一次亲身体验“顿悟”。

手扶车把，屁股压实车座，一脚支地，另一只脚踩动车蹬，链条滚滚拉动后轮齿盘，齿盘旋转轮轴，使得数根辐条牵引轮圈转动，继而推动前轮。待两轮转速达至临界，支撑脚腾空而起，与地面完成脱钩，自行车一跃进入动态平衡境界，开始直立行走。小时候学骑车，在战战兢兢中，这一刻就像神机天赋，突然降临，那种奇妙的顿悟感，让人豁然开朗，从此身体记忆，终生不忘。而当车轮转速渐缓，静止又将如夜色般降临，马上要到下车时刻，待人去车空，动态平衡也烟消云散。此时要划下支架，找个支点把车立住，无数自行车就这么散落于大街小巷，假装自立。

顿悟发生后的漫长岁月，骑车已成“无为”状态。当初看来耍杂技般的操作，如今已不需意识干预，只要用眼看路，双腿会优雅地自然更替，轻控车把，如鱼在水出游从容。意识得到解放，可超脱其上，做到心与物游，悠然自得。千百年来，人们在书斋里对庄子的《逍遥游》进行过各种玄虚的阐释与理解，而骑车却能在大马路上得其片刻风流，人生中的不期而遇，叫人赞叹。以前自行车还叫“花花公子机”，照这个思路，也能叫“逍遥机”。

后来摩托车崛起，自行车走向衰落。那个时期，美国作家波西格写出了著名的《禅与摩托车维修艺术》，他极富想象地在复杂的机械中挖掘禅趣和浪漫，却忽略动力来自能源这个事实，换言之，此摩托本质上不自由，亦不自立。而以凯鲁亚克为代表的“垮掉的一代”则正成群开车游荡在路上。那是能源与内燃机取代心肺与肌肉的年代，是空虚年代，是世界进入速度崇拜的年代。自行车因不耗能源，不生污染，对速度有贪恋亦有节制，反而成了公路上沉默的极少数。

古时吴越王给妻子写信，“陌上花开，可缓缓归矣”，步行或乘马车，总有迹可循，不如骑车来得自由灵动，可惜当时没那个条件。骑行也不像开车，把世界变成干瘪的公路，而总在诗性地参与车轮里的红尘滚滚，虽然它已像呼吸一样寻常，以致总被遗忘，但身体深处隐约散发出的那股惬意，取之不尽用之不竭，如造物之无尽藏，这是骑车的核心价值。此外，在所有川流不息的路上，自行车也在默默平衡着这世界的速度总量，因为速度需要尺度，而慢永不过时。

（图/木木）

如果你是第三种仆人

□米　哈

你有没有遇见过以下的情况呢？表现好而忙翻天的人会越来越忙，越忙越多可以表现能力的机会，相反，越少工作的人却会越来越闲，任务越来越琐碎；受欢迎的人越来越受欢迎，缺乏朋友与情人的人却越来越孤独。

如果你遇见过这样的情况，不用吃惊，这就是常态，问题是：你是前者，还是后者呢？在社会学上，这种“强者越强、弱者越弱的两极化”被称为“马太效应”。

一个人要往外国去，就叫了仆人来，把他的家业交给他们，按着各人的才干给他们银子，一个给了五千，一个给了两千，一个给了一千，就往外国去了。那领五千的随即拿去做买卖，赚了五千，那领两千的照样另赚了两千，但那领了一千的去掘地，把主人给的银子藏了起来。

主人回来后，论功行赏赚了五千与两千的仆人，却责骂第三种仆人，说他是“又恶又懒的仆人”，并夺过他的一千，给了那赚了五千的仆人。主人说：“因为凡有的，还要加给他，叫他有余；没有的，连他所有的也要夺过来。”这故事成了马太效应的原型：富者越富，穷者越穷。

马太效应是常态，因此，好学校会吸引好学生，好学生自然有好成绩，又令好学校成为更好的学校；富有地区有更多钱投资而成为更富有的地区；有名气的人可以用名气提高社会地位而变得更有名气……因此，马太效应是叫我们这些输在起跑线的人认命吗？

当然不是。马太效应不是拒绝自我进步的借口，而是教我们不要轻易怀疑自己。马太效应叫我们知道万事开头难，但只要尽你最大的努力，通过自我认识、学习、尝试，而获得比别人强的“优势”，那就是你成功的起点。

优势是相对的，只要你在同侪之中有哪怕比别人强一点点的优势，就可以进入马太效应的轨迹，进而获得更多成功的可能。又说，如果你是第三种仆人，你应该如何？要成为第一种仆人乎？不，是要成为主人。

（图/木木）

不要让“没钱”毁掉你的生活

□艾小羊

前段时间我联系上了一个发小，从谈话中感觉她很焦虑，尤其是对钱。她经常跟我说，她有房贷、孩子还小、水果又涨价了、两年没去商场买衣服，最多去给孩子买双鞋，花了300多块钱呢。

起初我以为她收入很低，后来无意中了解到她的家庭收入，绝对已经达到大城市中产阶级的水平。

她说：“我也总在反思自己，为什么这么爱钱。主要是因为小时候穷怕了，现在赚钱再多，也不敢乱花。”

“你觉得钱是这个世界上最重要的东西？”我问。

“当然。”她回答得很快，然后疑惑地问，“我记得那时候你家也很穷啊？”

其实这个问题，我也想过。

那时候，我们都住在甘肃金昌，父母是大型工矿企业的职工，虽比农村家庭的经济情况好一点，却也是家家户户都穷。但印象中，父母从没在我们面前说过“穷”字。

我妈手巧，带动我大姐用巧手装点了家里的每一处：手工刺绣的门帘、枕套、电视机罩，钩花的茶杯垫、头巾、外套。还有我们穿的毛衣，是母亲用旧毛线织成的，拼出很好看的图案。前两年看到米兰时装周秀场上的一件复古款毛衣，我心想，这不就是我小时候穿过的那种吗？

物质的匮乏并没有妨碍我们获得快乐。至今记得童年最闪亮的日子，是有一年儿童节，我跟姐姐穿着皮凉鞋走在路上。小孩的脚长得快，没人舍得给孩子买皮凉鞋。我妈不知道使了什么招数，竟然用爸爸要扔的一双黑皮鞋，加上我们穿破的布鞋的底，制作了两双一片式的牛皮凉鞋。两个小孩一路上迎着叔叔阿姨的赞美与同龄小朋友的羡慕，那是一种富足的感觉。

有一次，工厂福利社进了一批海鱼。因为运输时间长，鱼不新鲜了，卖得非常便宜。大多数人不敢买，也不知道怎么吃。我爸大手一挥，买了500斤，把家里所有的大盆小罐都拿去腌鱼。此后的一年，我家每个星期可以吃一次鱼，这在当时是非常奢侈的。

同学来我家做客，对腌鱼赞不绝口，从此认定我家很有钱。上大学以后，有一次说起我们小时候都很穷，她说：“你家不是啊，经常有鱼有肉的。”鱼是臭鱼，但我爸有一双妙手。

一个人，年轻时要与他人相爱，中年时与生活相爱，晚年与智慧相爱。这些，不需要很多的钱，但需要很多的精力、耐力，以及好奇心，需要你对生活上瘾，不偷懒、不逃避，精心准备一饭一蔬。因为有钱，见过很多好东西，水到渠成地明白要善待自己，这种境界不难达到。但真正难的是无论贫富，都不把自己对生活的无知与粗糙，全部归结为“没钱”——这两个字背的锅，已经太多了。

（图/鹿川）

没有王子你该怎么办

□林采宜

听小女儿一遍又一遍地听手机里播放的格林童话："盛装的灰姑娘成为舞会上最美的姑娘，和王子跳了一支又一支舞，王子渐渐爱上了她。"故事的结局是，有情人终成眷属，从此，灰姑娘在美丽的王宫里，过上了幸福的生活。

《白雪公主》也差不多，"沉睡了一百年之后，一位王子路过城堡，看见白雪公主非凡的美貌，忍不住吻了她，于是，白雪公主醒了过来，跟王子结婚，然后，一起幸福生活到永远"。

我忽然发现格林童话的逻辑，有着一种我们熟视无睹的荒谬：善良的女孩都长得无比美丽，因此，总有一天会遇到白马王子，改变她的人生；所有的继母都是毒辣的巫婆，最后都没有好下场。

美貌加王子的梦想，如同慢性毒素，在许多女孩的脑子里，留下了终身不愈的后遗症：那天，我听见一个在海外读完硕士的女生跟男朋友说："你知道吗，女人生来就是被人疼的。"我心里冷冷一笑：谁教给你的傻瓜逻辑？如果没有人疼，那你还活不活？

格林童话让小姑娘们从记事起就幻想成为美貌公主，期待着白马王子带来幸福，不知不觉把自己变成人肉包袱，理所当然地搁在对方肩上。小时候我长得丑，嘴巴太大、皮肤太黑、颧骨太高、曲线太平，总之，从头到脚，从五官到身材，没有一样长得合适，祖母终日愁我将来嫁不出去。

对此，父亲说了两句话：第一，勤劳的双手比男人的肩膀可靠，因此，嫁不嫁得出去或者嫁给谁并不决定你生存的质量；第二，发达的大脑比美丽的容颜重要，因为大脑会随着年龄的增长越来越发达，而美貌随着青春的离去迟早会凋零，靠大脑的可能越活越苍劲，靠美貌的一定越来越无力。

一个没有美貌的女孩，从懂事起就知道要凭借智力和勤奋在这世界上打出一片江山。这是父亲给我的教化。

婆娑世界，本没有那么多王子，即便有，也未必从一而终。

有人说："人必须有梦想，万一实现了呢？"

而我要对女孩子们说的是：无论你怀有什么样的梦想，这世界或许都会给你机会。但千万别是美貌加王子。毕竟，背叛和遗弃往往也可能是爱情的另一种结果。而容颜衰老，则是我们无可逃避的宿命。玫瑰和钻石，是行程中的祭品，不是依靠。女孩的命运，一半是童年的教育造成的。通过什么样的方式去获取幸福？这是每一个女孩从母亲、父亲给她的言语和故事里获得的最初的生存理念。

但愿有更多的童话故事写给不美丽的女孩。虽然不够绚烂，但至少不是谎言。

（图/兜子）

“长得慢”，也是一种福报

□汪金友

日前去青岛崂山太清宫，导游没有急于带我们去看“三宫殿”和“崂山道士墙”，而是先讲起了这里的树木。她一株一株地指给我们看：这一棵是黄杨，已经140多年；这一棵是紫薇，已经310多年；这一棵是侧柏，已经710多年；这一棵是银杏，已经1010年；还有这一棵，叫圆柏，已经2110年。有了太清宫，就有了这棵树。

正当人们忙着拍照时，导游又提出了一个问题：“为什么有些树寿命长，有些树寿命短？”有人说因为气候，有人说因为土壤，也有人说因为树种。导游笑了笑讲：“这些树之所以寿命长，主要的原因，就是长得慢。”众皆惊叹，啊！长得慢，就活得长。

什么树木寿命最长？银杏树能活3500年，云杉能活9500年。而被称为“南山不老松”的“龙血树”，能活1万年。20多年前我第一次去海南的时候，就见到了这种树。据说它在白垩纪恐龙生活的时期就已出现，被称为植物中的活化石。没有看到不老松的时候，以为它一定很高大、很粗壮。见了以后才发现，不老松高不过几米，远看就像一丛灌木，一年最多长高1厘米。庄子在《逍遥游》中说：“上古有大椿者，以八千岁为春，八千岁为秋。”说的就是这种树。

什么树木寿命最短？首先是杨树，因为长得快，老得也快。一般寿命为30~40年，很少能够活过100年。柳树也是如此，尽管年轻的时候很好看，但30年后就开始衰老。另外就是果树，也大多寿命不长。北方的桃树，一般能活15~20年。梨树的寿命，也是20~30年。苹果树的寿命，如果管理得好，可达50年。植物界寿命最短的是“梭梭树”。它生活在沙漠中，只要有一点点水，种子就可发芽，但最多能活一天。

由此可见，长得慢，未必是坏事。因为长得慢，所以体质就优良，耐力就雄厚，经验就丰富，性格就沉稳。不急着开花，不急着结果。无论严寒酷暑，急风暴雨，都站得住脚，扛得过去。

树木如此，人生也是如此。有些人为了长得快，而不断增加营养，结果却陷于肥胖而不能自拔。有些人为了早些成熟，而不断增加压力，结果未走几步便江郎才尽。有些人在财途、仕途上怪招频出，铤而走险，虽走得很快，位居人上，却多有中途摔下，为人不齿。

树有树的规律，人有人的规律。长得快不如走得远，升得快不如活得长。越是速成的东西，越容易速朽。所以长得快的，不要得意；长得慢的，也不要气馁。走得慢，才能站得稳；长得慢，才能多幸福。

（图/麦小片）

为女则刚

□闫　晗

随着年纪增大，疾病增多，不知不觉间爸爸变成了“小娇娇”。比如，需要我妈拿降压药给他吃，我妈要住院动手术之前，他抢先上火感冒，浑身无力，什么都做不了。

最怕回家见到我爸躺在床上说头晕，因为头晕去了几次不同的三甲医院，依旧确定不了是什么原因。有个研究抑郁症的大夫坚持说是抑郁症，开了一些治疗抑郁症的药，取回来了我爸犹豫着也没吃，他觉得不是，因为自己睡眠没问题。休息了几天，也就缓解了。

他不再是那个小时候我说家里什么东西坏了就能立马修好的人，变得敷衍，事情过得去就行，而且脾气变得急躁起来。十几年的糖尿病，长期的胰岛素注射让他的肚皮布满针眼，而且摸上去硬硬的。

得了慢性病是件磨人的事，倘换作我要承受这些磨难，恐怕也会觉得沮丧，难以积极面对生活。

我们常嫌他矫情，每日唉声叹气，抱怨这里那里不舒服，我妈有时还会怼他，别说哪儿不舒服了，你说说哪里还舒服？糖尿病并发症困扰着他，身上的皮肤变得脆弱，腿部磕碰一下就留下暗沉的瘢痕，多年下来几乎千疮百孔。每当看到这个成语，就想到我爸的腿。他得过动眼神经麻痹，也曾脑血管渗血，视力下降，眼睛越来越模糊。

曾听过一个词“为母则刚”，是说当了母亲之后，就会变得坚强，而我觉得当父母年纪大了，不得不“为女则刚”，因为曾经呵护你周全的人变得虚弱，你不得不变得刚强，凭空生出一副铠甲，奋力去抵御风刀霜剑。懦弱的我不得不为了维护他们，临时变成一个干练泼辣的女人。

一起出行的地铁上，我总希望能够迅速上车，抢得一个座位，好让我爸不必一直站着。

陪我爸去医院看眼睛，我时时精神紧张，填各种单子，在各种窗口和缴费机器中穿梭，生怕出错。只希望他能排得往前一点，不要被后面的人插队，或者因为一时的愣神搞错流程耽搁了。我在各楼层跑来跑去，缴费，拿药，做检查，等候治疗。

我爸坐在那里等候做检查时，神情倦怠而忧伤。他絮絮叨叨地抱怨看病不方便，而且完全自费。我搀扶着他，怕他下楼梯踩空。

我们一起去坐地铁，因为他晕车很严重不能打车。那天走出医院的时候，天已经黑得有些混沌，我俩深一脚浅一脚地走着，谁也不说话。我只希望他能有一个座位坐下来。

一个女孩是从什么时候开始真正长大的呢？可能一次是有了孩子，一次是父母身体不好，那之后，另一个世界的大门打开，涌入许多未期的东西，要跟许多琐碎、繁冗、磨人的事物打交道，不得不学会坚强。

（图／鹿川）

向绿色传承人致敬

□邓　敏

古浪县八步沙六个普通的老汉，用信念、血液让沙漠为他们重生。可贵的是，“六老汉”的后代是这绿色事业的传承人，他们一代接着一代干，一年接着一年干。

第一代治沙人，把不毛之地变成绿洲；第二代治沙人“六兄弟”，继续坚守着前辈的事业，他们创新治沙，把沙漠变林场，把林场变公司；第三代治沙人科技治沙，让绿水青山真正变成金山银山。这伟大的绿色事业在传承、创新、弘扬中发展。

三代治沙人如此，三代守鹤人更是如此。

“走过那条小河，你可曾听说，有一位女孩，她曾经来过。走过这片芦苇坡，你可曾听说，有一位女孩，她留下一首歌。为何片片白云，悄悄落泪，为何阵阵风儿，轻声诉说：呜呜……还有一群丹顶鹤……”——《一个真实的故事》。

这首流行于三十年前的歌曲，纪念的是于 1987 年寻找走失的丹顶鹤而牺牲在复堆河中的徐秀娟。她是徐家第二代守鹤人，大学毕业后毅然选择丹顶鹤的保护工作，将 23 岁的青春年华献给了养鹤事业。

徐秀娟的家乡扎龙被称作“鹤乡”，是我国建立的第一个水禽自然保护区。她的父亲徐铁林是第一代养鹤人，她的弟弟徐建峰在姐姐牺牲后，也放弃了部队的工作回到保护区，当起了守鹤人，传承着父亲和姐姐的这份事业。徐建峰在保护区也把自己年仅 47 岁的宝贵生命献给丹顶鹤的保护工作，在他去世的那年，他的女儿，也就是徐家的第三代守鹤人——“90 后”徐卓决定坚守父辈的初心。

她向学校提出申请转学到东北林业大学，在姑姑徐秀娟曾就读的学院，刻苦学习野生动物保护。毕业后，成绩优异的徐卓放弃了保研深造，回到了扎龙湿地保护区，守护着这里的丹顶鹤，传承着徐家一代又一代的丹顶鹤守护事业，这是一份艰辛又有意义的绿色事业、环保事业。

徐家与丹顶鹤有着不解之缘，徐家三代人寄情于鹤，三代人守鹤近百年，丹顶鹤带走了徐家的女儿、儿子，而第三代孙女还是选择了传承下去，矢志不渝地守鹤。一个人一生坚持做一件事，已是不易的坚定，几代人传承下来坚持做一件事，是信念的坚守。

他们以平凡之躯，传承不凡事业，在他们身上，我们看到了中国的精神在这里，中国的力量在这里。这个新时代，需要怎样的新青年、新偶像？我想治沙人、守鹤人的后代传承者就是这个时代最朴素、最有力量的担当者。

（图/豆薇）

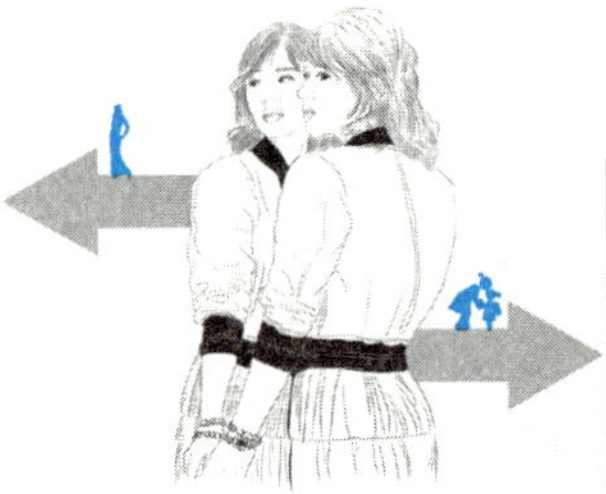

活给别人看和为别人而活

□韦秀英

有的人活给别人看，总是很在意别人的评价，无论做什么事都小心谨慎，唯恐被别人说，经常会过于关注别人的感受和一些细节。其实，拥有这种心理的人都极度不自信，以至于限制了自己的能力和行为，使自己的性格偏离正常轨道，经常会出现诸如焦虑、紧张、失眠、抑郁等症状。这类人或许能够认识到自身存在的问题，却没办法做出很好的改变。比如在日常生活或工作中，总会有一些人为了得到别人的好评而去做一些并不情愿的事情，往往这种不情愿的付出让自己心力交瘁。这种心理如果没有及时得到矫正的话，很容易出现一些严重的心理问题，给自己和身边的人带来麻烦。

在美国经济萧条时期，耶鲁大学的毕业生迈克及同届学生找工作困难，迈克为了生计，选择去一家小型出租车公司应聘司机，他的这个决定遭到了同学们的耻笑，他们认为耶鲁大学的毕业生去开出租车会丢面子。后来，同学们都陆陆续续地找到了工作。几年之后，由于一个偶然的机会，迈克接手了这个小型的出租车公司，通过打拼，公司逐渐壮大，资产高达上亿，而他那些讲究面子的同学还是普通的白领一族。其实迈克的同学都选择了活给别人看的生活，迈克却突破了这一心理障碍，收获了一种无比精彩的生活。

有的人活给别人看，有的人却是为别人而活。从表象上看他们是在为周围的人付出，实质上内心深处隐藏着极度的不安，这种不安使他担心自己不被别人接纳和喜欢，希望能够通过自己的付出得到别人的肯定。比如有的女性会抱怨："我一辈子都是为了家人活着，原先为了我的父母而努力工作，后来为了老公而操持家务，为了儿子也是操碎了心，但是为什么他们对我不好呢？老公不理解我，儿子不心疼我，还经常说我带给他们压力，我全心全意地付出却换来如此的对待，生活也太不公平了！"他们生活的重心总是放在别人身上，而这种付出与自己的收获很难得到平衡。由于长期的"无私奉献"，也会让他们的内心出现失望、愤怒等情绪。虽然他们会被这些负面能量影响，可是仍然很难改变自己的习惯，为自己而活。

除了以上两类人，还有一种类型的人属于"不知道为谁活"。这类人的思维好像失去了主体，整天都生活在浑浑噩噩中。因此，他们总是感觉迷茫，又不断寻找自我。为什么他们会出现这样的情况呢？究其原因，大多和童年的经历有关。这类人可能从小就生活在精神掠夺性的关系环境中，由于家庭氛围总是被专制和强制笼罩，因此他们很少有自主和自足的机会。这样也就失去了行为抉择和内在情感丰富的动力源泉。

（图/木木）

司马懿的两句话，够职场人用一生

□哈 叔

司马懿的一生无疑是成功的，魏、蜀、吴三家，曹操、刘备、孙权这三位大佬争斗了大半辈子的天下，结果被他司马家族给捡漏了。这其中有机遇，更有实力。

司马懿做人做事，有两句比较经典的话。

第一句：一路走来没敌人。

在《军师联盟》里，杨修是司马懿的死对头，两人一个是曹植派系的，一个支持曹丕。杨修多次想置司马懿于死地，但在杨修因为鸡肋事件要被曹操处斩时，司马懿向曹操请示去探望杨修。曹操便问他：“为何要去看杨修？”司马懿说：“臣一路走来，没有敌人，看见的都是朋友和师长。也就是说，我司马懿不会和杨修计较，他虽然想整我，但我不会将他当作敌人。”曹操听到这话以后，对司马懿打心眼里欣赏。

司马懿前期的对手主要是杨修，后来与诸葛亮也较量了好几次。对于诸葛亮，司马懿很是尊重。诸葛亮逝于五丈原，骗了司马懿。蜀汉大军撤离，司马懿来到诸葛亮病逝的营帐内，以水代酒祭拜诸葛亮。他说：“虽然你我为敌六载，但我一直视你为知音。孔明，让我尊称你声‘先生’。”

即便面对将死之人，司马懿也会给予对方尊重。曹叡有个男宠叫辟邪，在曹叡死后，辟邪就被下狱了，司马懿是唯一去看他的人。辟邪得势时没少找司马懿的麻烦，但司马懿去狱中时给他带了一件衣服，保全了他最后的尊严。

做人做事，留有余地，对对手和敌人保持尊敬和敬畏，这就是司马懿混迹职场的哲学。

第二句：败而不耻，败而不伤。

司马家族之所以能够捡漏成功，和曹氏家族的短命有一定关系。曹丕其实很优秀，但无奈短命，继位的曹叡也是如此，都活得不够久。但不可否认的是，司马懿的儿子们也十分优秀，这和司马懿的教育有关。

司马懿给他们灌输的理念是：不拒绝失败，并从失败中汲取营养。在与诸葛亮对阵失败被抢了陇上小麦后，魏军将士十分不满，明明魏军兵力是蜀军的数倍，居然输给了诸葛亮。司马懿的两个儿子也坐不住了，去找父亲。他们到了大帐，却看到司马懿正在和管家淡定地练五禽戏。司马懿说，想要打好仗，先要学的就是善败，败而不耻，败而不伤，才能笑到最后。

这也是今天我们所说的逆商。人一生中的失败肯定会有很多，面对挫折和逆境，应该保持一种健康的心态，多点耐心。

司马懿一生中打了不少胜仗，也吃了不少败仗，最后却是人生大赢家，靠的正是这一点。

其实，人生就是如此，这么长的一段人生路，某个时段的失败并不代表什么，所以别过早放弃自己。

（图 / 罗再武）

海鸥型的人

□吴淡如

不常看到海鸥的人，看到海鸥时都难掩兴奋。

有一次我到西澳旅行，在靠海的公园里，看到一大群海鸥，我很自然地拿出相机，聚精会神地为它们拍照。

“早知道应该把早餐时的面包带出来喂它们。”我喃喃自语。

我的澳大利亚朋友茱蒂撇着嘴角笑了笑，说：“你们这些观光客看海鸥的眼神，和我们可真是大不相同。在我们眼里，海鸥真是鸟类中的蟑螂——唉，本地蟑螂可能还没海鸥多呢！”

我听她这样说真是惊讶，海鸥在我心中可是浪漫的象征哪，怎么被她形容得这么不堪？

“怎么说呢？”

“从外表来看，它们好像挺优雅、挺容易亲近的。可是只要看到你有东西吃，它们就一点也不客气地靠近来抢食，好像你就是欠它们债一样，吃完了，还在你身边拉撒！要洗掉它们的排泄物，可不是什么浪漫的事。”

听茱蒂这么一说，我想起一本前不久看过的管理学书籍。书中把只会制造麻烦的主管，称为“海鸥型主管”——三不五时前来捣蛋一番，在你身边吵得要命，偷吃你的午餐（抢你的功劳），留下烂摊子，然后拍拍屁股飞走不管。

别做别人生命中的捣蛋鬼了。

大概没有人喜欢成为海鸥型的人吧？但是，无疑，只要我们好好省视四周，这样的人还是存在的，说不定我们正是这样的人呢。

变成“海鸥型”的人，往往是因为没有机会知道，自己实在是捣蛋有余、贡献不足。

一个从没帮过别人，只想要别人帮忙的人，必然是一只海鸥。我们都当过海鸥——在我们还是孩子的时候，但如果忘了长大，就会一直是只海鸥。

一个没什么行动力，遇到麻烦事只想依赖别人的人，对自己的亲人、好友或情人而言，也是一只海鸥。只是因为爱，还没有放弃。但久而久之，他们也会因倦累而逃开。一朝他们不想再无条件喂养，这海鸥还会狠狠洒下排泄物以泄恨，使曾经付出爱的人更加心寒。

海鸥型主管，可能定夺升迁，一般人还敢怒不敢言。但任何一种感情关系，如果有一个人有海鸥心态，只晓得打扰、讨爱、留下烂摊子要人收拾，都不可能永保安康。我看过许多成天怨叹人、无情无义、对不起别人的人，其实多半是一只只不曾照过镜子的海鸥！

除非他们能够意识到自己原是“别人生命中的捣蛋鬼”的事实，才会走出聒聒噪噪的悲情历史。

（图／张翀）

如何“真的”阅读一本书

□罗辑思维

这里说的“读书”，是去读那些“高于自己的书”，比如名著、学术著作、专业书籍等。面对这些书，我们的阅读能力往往不够。

本着读“高于自己的书”的目标，一个好的阅读者，应该是主动的。很多人捧着一本好书，翻了几十页，脑子里对书的内容还没有任何印象，这是阅读的大忌。

一个主动的阅读者，会在阅读前问自己几个问题，主动和这本书建立联系：

这是谈论什么主题的书？书中的观点有道理吗？全部有道理还是部分有道理？作者是通过什么架构来论述观点的？这本书跟我有什么关系？

在买下一本书前，你首先要做的是“系统略读”。这是很重要却被很多人忽略的一步。先不要急着逐字逐句地读。略读的终点，是看书的四个方面：书名、序言和副标题，目录和索引，作者简介，和主题相关的篇章。通过略读，你能快速掌握一本书的基本轮廓，并了解书的主题是否有价值，据此判断这本书到底该不该买。

如果一本书值得阅读，那购买后的第一件事，是做“快速通读”。这个过程，主要是把握这本书的核心框架，因此要快。把书从头到尾快速翻一遍，遇到不懂的地方，不要过多停留。过多纠缠细节，反而可能会错过一些大原则。

快速通读之后，如果这本书确实有价值，那就要做“分析阅读”。这一步，重点是“分析”。

按照由低到高的顺序，可以分为三个步骤。

先弄清书的结构，找出重点章节，明确作者要讨论的核心问题。

然后顺着书中的逻辑，找到作者要表达的核心思想。阅读过程中，建议做笔记或者画思维导图，迅速厘清内容的前因后果。

最后做出评价。阅读的高手，通常都是评论的高手——在评论中提供信息增量。

即便不同意作者的观点，如果整理出反对的原因，这次阅读也是有益的。如果以上步骤你都做到了，就可以进入阅读的最高层次——主题阅读。

不是为了看书而看书，而是为了研究而读书。比如，要研究中国在世界的定位，你可能阅读过施展老师的《枢纽》。如果收获很大，就可以以施展为线索，看他在写作的过程中引用了谁的观点、感谢了谁的帮助……不妨把这些人的著作也进行一次系统阅读。这也是看书时要特别重视索引、鸣谢和附录的原因。

如果想进入一个新的知识门类，最有效的办法是读史——先去看看这个学科的发展历史。比如，想了解西方哲学，就先去读《西方哲学史》。通过读史，能快速建立起关于这个学科的坐标。之后，你可以根据自己的兴趣，有选择性地深入学习。

（图/蝈莱猫）

天狂必有雨

□张军霞

小时候，有一次，我跟着外婆去菜地里摘豆角，正摘得起劲儿，天色突变，狂风四起，黑压压的乌云，被风撕扯着，如同惊悚故事中的群魔乱舞，外婆惊呼一声：“刮狂风了，要下大雨，快跑！”说着，外婆一手拎篮子，一手扯着我，快速往家的方向飞奔，可惜我们的脚步再快，也跑不过雨和风。风追着雨，雨追着风，它们一起撕扯着我们的头发和衣服，没等跑到家，我们已经被淋成了落汤鸡，连篮子里的豆角都跑丢了大半。我一边换下湿淋淋的衣服，一边心想：外婆真是个聪明人，她说要下雨，老天爷就真的下雨了。

多年后，我在跟朋友聊天时，偶然听她说了一句：“天狂必有雨，人狂必有祸。”忽然想起童年时的那一幕：那时自己好幼稚，还以为外婆有未卜先知的本领呢，天狂必然有雨，原来是常识啊！

朋友发出这样的感慨，是因为她所在单位的一个女孩。这女孩毕业于名牌大学，颜值高，工作能力强，领导对她的才华颇为赏识。正因为这样，她为人处世就有点狂妄，谁都不放在眼里。一次，有个从外地调来的男同事，在暗恋了她许久之后，悄悄搞了个表白仪式：将近下班时，在她的办公室门口摆放了一个装满玫瑰花的大花篮。当他紧张地酝酿怎样开口时，她开门走出来了，看看花，再看看他，用脚踢了踢花篮，说：“真搞笑，也许我该送你一面镜子！”说罢，扬长而去。

她的言外之意很简单：像他这样和高帅富完全不沾边儿的人，根本不配对自己表白，他的行为让她感受到的不是爱，而是一种耻辱。这件事儿在公司上下传开，就连本来对她印象不错的领导也忍不住发出感慨：“这女孩也太狂了！”就因为太狂，她错失了本来唾手可得的升职机会，因为受不了这样的打击，她后来患上了严重的抑郁症，无法正常工作，只能离职回家。“她是一个非常优秀的人才，太可惜了！”所有熟悉女孩的人都这样说。如果经历了这次挫折之后，她能意识到自己的错误，调整心态，重新开始，那么一切应该还来得及，毕竟她还年轻。

俗话说：“人不可貌相，海水不可斗量。”大千世界，人外有人，天外有天。做人做事别太狂妄，你赚的钱再多，长得再漂亮，要是人品不好，谁都会瞧不起你。是花自然香，何须迎风扬；是虎自有威，何须到处嚷！太把自己当回事，往往会是一场灾难，还是学会收敛一点吧，就连植物也懂得这样的道理，不信你看，越是成熟的稻穗，越懂得弯腰。低头，不是失败，也不是懦弱，而是一种宽容、从容，也是一种生存的智慧。因为，一个人只有懂得低头，才有更多出头机会。

（图/麦小片）

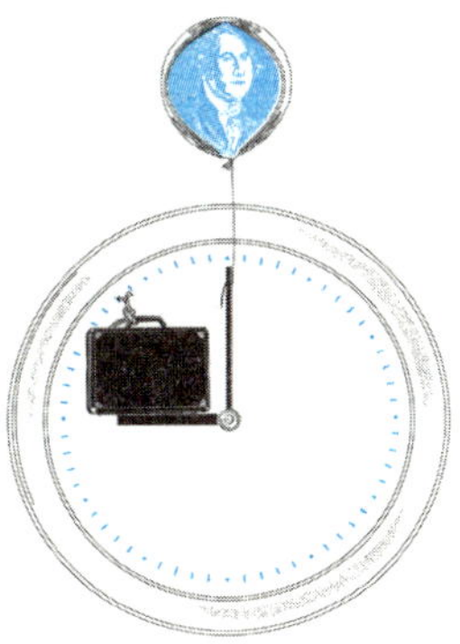

投资就是时间上的平衡消费

□薛兆丰

投资和消费似乎是泾渭分明的：要么是投资，要么是消费。有人也许会问，它们之间的区别真的有这么明晰吗？

我们每天吃饭，是投资还是消费？吃饭当然是消费，但是不吃饭我们还能工作吗？为了能工作，每天吃的饭就是投资。

度假旅行，是投资还是消费？一般人会说这当然是消费。但我们也可以把它看作投资，这是对记忆力的投资。将来我们老了、走不动了，只能坐在安乐椅上了，那时我们还能在脑海里播放昔日的美好画面。年轻时的旅行是为年老时的回忆所做的投资。

可见，投资和消费之间并没有必然的区别。

欧文·费雪在《利息理论》里面有一句名言：投资是时间维度上的平衡消费。

投资其实就是消费，只不过是在时间维度上的平衡消费。这句话非常精彩，一下子就将投资和消费打通了。它们是一回事，只不过是人们为了追求最大的收益，在时间上做的一个平衡而已。

今天的年轻人有很多时间，今朝有酒今朝醉，把所有的时间都用来玩，这是可以的。连续玩一个星期，一个月，一个季度，都是可以的，但是如果一直这么玩下去，将来的日子可能就没这么好过了。

反过来，他们今天稍微吃点苦，多花一点时间来学习，将来的日子会更好过，这是一种平衡消费的观点。要知道，我们每一个人追求的，不是今天的消费最大化，也不是明天的消费最大化，而是终身每一个时间点的收入之和最大化。

这也让我想起阿尔钦在他的教科书里提过的一个有趣的问题：我们都知道，要是连饿三天才吃一顿饭，那顿饭会非常香，感受也好极了。但是我们每个人，为什么不会为了追求那种特别美味的感觉，连饿自己三天才吃一顿，而是每天都吃三顿饭呢？

答案在于，我们追求的不是一刹那的最高幸福，而是幸福总量的最大化。所以我们每天都吃三顿饭，这样会使得幸福总量最大化。

人们追求收入总和的最大化，而不是某个瞬间的收入最大化，这个原理能解释生活中的很多现象。

节制饮食、运动健身，这些决定其实都跟人们对未来的预期有关，人们追求的是未来收入的最大化，而不是一瞬间享受的最大化。

同样的道理，有些医生就说，如果他的病人超过了80岁，他就不会让他们太过节制饮食，因为享受当下的快乐也挺重要的。

（图/点点）

“三峡蚁工”

□那城的城城

《中餐厅》里，出现了特别的一群人——“三峡蚁工”。

他们来自长江流经之地之一的湖北宜昌，是一个公益组织，成员都是长江的环保志愿者。

“喜哥”是“三峡蚁工”这个公益组织的发起人。

在他的带领下，每逢周末或者节假日，这些“三峡蚁工”都会身穿荧光背心，手提塑料袋，走在岸边寻找垃圾。

他们已经开展了500多次捡垃圾保护长江母亲河的活动，累计捡走的河道垃圾近千吨。

他们走过的岸边，无论塑料瓶子还是玻璃碴等都被一一捡走。

只留下干净的岸边。

喜哥本名李年邦，今年53岁的他正业是理发店老板。

五年前，他在微信朋友圈里看到一条新闻：外国小伙义务清理河道的垃圾。

他深受感触，买来垃圾袋开始像那个小伙那样在河边捡垃圾。

万事开头难，一开始他担心自己的行为引来旁人的注目。

“那次江边三四百米的路，我确定这是我人生走过的最漫长的一条路。”

在岸边捡垃圾，一是可以为母亲河尽一份力，二是作为父亲的他，希望用自己的行动来给下一代传达、灌输这种公益的理念。

刚开始捡垃圾那会儿，天特别冷。

有时候大冬天天还没亮，喜哥就出来捡垃圾了，有些晨练的老人看到他凌晨拿着手电筒在地上照来照去，还以为他在江边寻宝。

一番打听才知道喜哥是在岸边捡垃圾，还有人专门来给他鞠躬，表达对他的感谢。

后来，给他鞠躬的这个人，也加入了捡河道垃圾的队伍。加上家里妻子和儿子的支持，喜哥决定坚持把这件事做下去。

最近汛期到了，“三峡蚁工”有了更多的环保志愿者去清扫河道垃圾。

现在动辄接近40摄氏度的烈日高温下，普通人坐在家里都要热出汗，就更别说他们了，每天工作服都是湿了又干，干了又湿。

一个人的力量始终有限，在喜哥的呼吁之下，很多人自发地加入他的团队。

看着队伍日渐壮大，喜哥感动得不得了：“我们每一个人就像一只小小的蚂蚁，蚂蚁虽然力量很小，但是当它们抱团的时候，就会产生无穷的能量。”

“三峡蚁工”成立以来，志愿者达上千人，累计参与活动的市民也超过了40000人。

几年里，在他们的努力下，长江的宜昌江段变得干净了，来这里的人也更多了。

（图/陈明贵）

空 实

□郭华悦

由空入虚，抑或入灵，这是两条截然不同的路。中国的水墨画，讲究的是余韵。

事不求满，留有余地，韵味未了，三日不绝。一幅水墨画，见功力之处往往不是满满当当的地方，而是留余之处能否引人无限遐思。留余，就是留白，于满当之间留出空白。但有了空白，是否就自然而然地具备韵味？

当然不是。

多数时候，由空入虚更常见。

毕竟，能成为佳品的是少数。普通画者的留空，多数事未如愿，非但不能由空入灵，因空灵而产生令人回味无穷的余韵；反之，让留出来的空白，失之于空洞虚无，乏味无物，反而由空入虚，成了一幅画的败笔。

留出空白，之后是失之空虚，还是得之空灵，关键在于一个实字。

一幅画若是全放空，自然是空洞无物。但若是画上一条小船，纸上的空白处便成了水。船行水上，流水悠悠，或者是“野渡无人舟自横”的寂静，也可能是“堤上游人逐画船”的热闹。于是，画意有余韵，由空白处生出灵气，别具意味。

同样，若是在纸的上头画上一座座山头，下方的空白处也就成了云。

山头穿云而出，陡峭险峻之意油然而生。

留出的空白，因山头的衬托，而产生了和原本不一样的韵味。由空入灵，这画也就有了空灵之韵。

一个人的空，和一幅画是同样的道理。

精彩人生，少不了“空”。

就现状而言，这些“空”不免有空洞虚无之嫌。起码，与现实还有着不小的距离，比如理想与追求。

现实近在眼前，理想远在天边，于是逐梦之旅难免带了点不切实际的空洞意味。但这样的“空”，是沦为空洞，还是走向空灵，结果截然不同。

无实之空，结局大多是好高骛远的空洞虚无。纸上有船有山，才能让空白处产生空灵的韵味。人的逐梦之路，也得有“实”的衬托。

生活无“空”，日子便如流水账一般机械而乏味。

鼠目寸光，触目所及之处尽是柴米油盐的琐碎，而不见其他。这就像一幅挨挨挤挤满满当当一丝空隙都不留的水墨画，少了遐思，缺了远意，韵味也就全无了。

留出空白后，是空虚，还是空灵，关键在于实字。

过日子，谈感情，追理想，在留空之余，也必须由实入手，从实开始，才能在一路颠沛流离的驰骋中，体会到余韵悠长的空灵之美。

（图／小粒团）

萨丽娃姐姐的春天

□艾 平

萨丽娃姐姐的春天在呼伦贝尔大草原。

草原的春天是妇女们含辛茹苦的季节。萨丽娃看见老祖母蹒跚在纷扬的春雪中，靴子艰难地从冰泥里拔出来，又踩下去，湿漉漉的蒙古袍大襟冻成硬邦邦的冰片，在冷风中咔咔作响；她看见太阳的手指伸过来，轻轻地梳拢老祖母的银发，落在那只暗红的珊瑚耳环上，老祖母汗水淋漓的脸颊，布满了岁月的光芒。小羊羔一只接一只降生在冰碴密布的草地上，然后它们站起来，像洁白的云朵一样缭绕着老祖母“咩……咩……”地嚷着饥饿。

后来萨丽娃姐姐戴着老祖母的红珊瑚耳环离开了家。因为城里的暖气和热水，因为城里的漂亮和时尚。城里的楼房虽然很舒适，可那是租来的，不是家；萨丽娃姐姐思念阿妈的奶茶、阿爸的手把肉，好想好想骑上骏马变成草原上的风，好想好想放开嗓子变成蒙古包前奔流的河。萨丽娃姐姐总觉得老祖母的红珊瑚耳环会说话，一天天在她耳边说个不停，只是那些古老的话，就像飞来飞去的鸟，有点听不懂，想留也留不下。

萨丽娃姐姐终于回到了日夜思念的故乡。

萨丽娃姐姐站在草原的春天里，伸出一双手，这手是洁白细致的；萨丽娃姐姐轻轻托出一只小羊羔，把母羊脱落的子宫慢慢送回腹腔内，这双手浸染上羊水和血液，开始在寒风中皴裂，慢慢地，大草原的怀抱里回来了一个顺其自然劳作的人；当这双手终于被牛奶和油脂润透，不再畏惧风霜雨雪的时候，萨丽娃姐姐的牧场已经远近闻名，她出售的羊，是实实在在吃过三次夏牧草、长了六颗牙的肥腴的羊。萨丽娃姐姐有了自己的广告词——养最有品质的羊。

人们看见她家的牧场上盖起了铝合金的接羔棚圈，看到她家蒙古包后面停放着现代化的打草机，看到她家草场的高坡上安装着一排排太阳能蓄电池。当家家户户都像萨丽娃姐姐那样牧养有品质的羊，萨丽娃姐姐长长地出了一口气，她终于把草原的春天从二月找了回来。

萨丽娃姐姐唱的劝奶歌是老祖母在春天里传下来的，草原人那如云的羊群和飞驰的骏马是春天赐予的。是的，萨丽娃姐姐懂得这一点，在这个古老而崭新的时代成为聪明智慧的人。

萨丽娃姐姐的春天在呼伦贝尔草原上。

（图/张翀）

这届后浪潜伏在省钱神组

□老　雷　维京女侠

曾经在知乎提问“如何快速实现年薪百万”的青年们，最近都默默潜伏进了豆瓣的省钱神组，比如“抠门男性联合会”“抠门女性联合会”“丧心病狂攒钱小组”。这些小组有几十万粉丝，大家每天发帖讨论的议题是：“0.9 元解决一顿午饭”“3 元豪华晚宴，有荤有素有杂粮”“一件衣服穿了 20 年”……在这里，大伙儿视炫富为奇耻大辱，视浪费为人生大忌，抠门被演绎成了一门高深学问。看着那些迫不及待的心得分享，总觉得自己见证了一次次碾压式的高手过招。

抠门青年的第一重境界，叫作物尽其用。喝酸奶舔奶盖，那是基本操作，还要用剪刀剪开再刮一遍瓶壁。另外，对抠门略有钻研的同志都明白，牙膏皮剪开认真刮，还能再刷十几次。

抠门青年的第二重境界，叫作妙手回春。将土豆丝沥干，余下的水澄清后倒掉，底部会留下水淀粉，放置在 A4 纸上晾干收集起来，用来炒肉绰绰有余；长袖衬衫磨破了手肘，修修剪剪又是一件崭新的短袖，再不济也能修成背心。

至于抠门青年的最高境界，叫作就地取材。淘宝晾衣架一个 50 块钱，太奢侈，门口整根树枝，绑上胶带，纯天然有机晾衣架立马拔地而起；袋泡茶太贵，味道也不咋地，不如跑到乡下摘野菊花，搁屋里晾上个把月，半年量的纯天然菊花茶就这么搞定了。

抠到极致就成了艺术。我碰到过一名南方网友，他琢磨着买点水果，发现路边的一棵芒果树由于下雨，掉了不少果子。他捡了几个没坏的芒果，去超市拿了个塑料袋，一分钱没花，从此打开了新世界的大门。后来他走上了“有机水果”的不归路，橘子、李子、杏子、桃子都捡过吃过，俨然成了都市野外生存专家。

抠门省钱的另一个派别是“断舍离小组”和“极简生活方式小组”。其实他们比的不是谁更省，而是谁的东西更少，就差把家里扔得一干二净了。断舍离派总是在免费送或半卖半送多余的个人物品，这对抠门派来说，简直是量身定做的捡漏嘉年华。

围观这群年轻的抠门艺术家，我深深觉得这届后浪真和以前不大一样。当年的我们是小心翼翼地大方；今天的后浪则是大大方方地抠门。那会儿我们兜里就算只有几个钢镚儿，也得整出江湖大哥的排面，“抠门”这词，简直是对我们人格的终极侮辱。但现在，比起花钱满足物欲和食欲，这些省钱达人的快乐就在于看到自己攒下了一笔钱。抠出精彩，抠出格调，根本不丢人。

（图 / 木木）

在地图上旅行

□张凌云

作为地理爱好者，我醉心于长时间地盯着地图，或者索性闭上双眼，在脑海里描摹出地图的模样，持续一场场精骛八极、心游万仞的神游。只要对着地形图，我就会熟练地穿越时空的罅隙，腾挪跃动，自由飞翔……

我站在一小块深绿色之上。绿色代表着低海拔，200米以下是深绿，200米至500米是浅绿。此时，我身在中国东部的长江三角洲。一望无际的平原，是中国地势的第三级阶梯。接下来，我将由东往西，去做绿、黄、棕、褐、紫等色彩不断变换的游戏，将平原、丘陵、盆地、高原、山地等地貌不断地更换。

我决定不按直线，稍打破常规，折向西南。平坦的地势渐渐消失，眼前山峦起伏，颜色也由浅绿变成浅黄。越过雪峰山，我进入中国地势的第二级阶梯。这里的颜色以深黄为主，我折向西北，寻找传说中的天府之国——四川盆地。在广袤的中西部有它的存在，近乎于一个奇迹。

告别四川盆地，我径直北上，到达陕北高原。陕北高原是黄土高原的重要组成部分。再向西向南，踏上了中国地势的第一级阶梯——青藏高原。地图上的黄色不见了，代之以浅棕、深棕、褐色、紫色，每变换一种颜色，海拔上升1000米。我像一个朝圣者艰难地跋涉着，对着地图上8848.86米的珠穆朗玛峰，我知道，现实世界里，今生今世都不可能攀上这座最高的山峰，但在想象的空间里，此刻我正如高山兀鹫，自由翱翔在世界之巅，俯瞰所能见到的一切。

我向北轻轻一跃，飞越了整个青藏高原，进入新疆境内。此时，我正在昆仑山下，即将踏进塔里木盆地的主体——塔克拉玛干沙漠。古往今来，文人墨客留下无数关于沙漠的诗篇，但背景多是发生在阳关、玉门关以西，至多北疆一带，提及塔克拉玛干的很少。

我略作停留，随即翻越天山，来到遥望阿尔泰山的准噶尔盆地。中国真是一个神奇的国度，既有莽莽高山，也有浅洼低地，准噶尔盆地的最低点艾丁湖，低于海平面154米，其周围的一圈陆地，也不得不标注以低于海平面的军绿色。在这片人称中国死海的地方，我定定地站住了。

惠风和畅，浅草依依，三三两两的飞鸟掠过湖面，又停在不远处的芦苇之上。远山连绵，牛羊聚集，这田园牧歌般的风光，让我忘记了自己身处遥远的北疆。那么，就让这里成为此行的终点站吧，我将找个幽静处躺下，轻轻逍遥走一段宁静时光。

（图/豆薇）

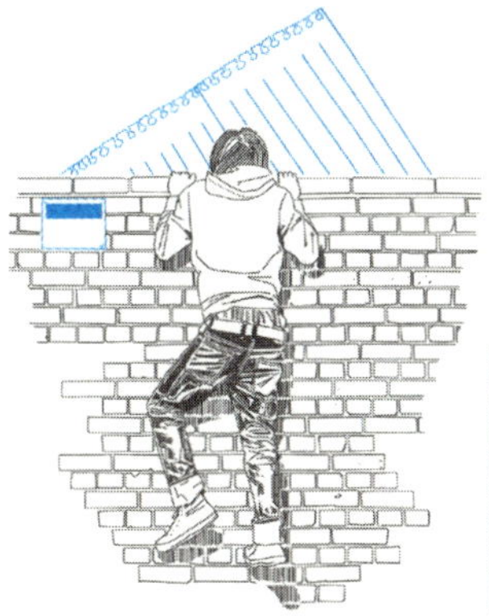

作家们各种古怪的创作契机

□知书少年果麦麦

有时候，一个小小的瞬间，就足够造就一部经典。

虽然源于一时起意，但也是因为他们胸有丘壑，才能把某个瞬间的火花变为熊熊燃烧的烈焰。

◆《哈利·波特》：从伦敦去曼彻斯特的火车上，J.K. 罗琳在窗外看到了一个戴着眼镜的小男孩向她挥了挥手，小男孩穿着黑色的袍子，像一个小男巫。

◆《巴黎圣母院》：雨果在教堂上看到有人刻下的字“ANAΓKH（命运）”，感觉就像一个痛苦挣扎的灵魂。于是，就有了克洛德·弗罗洛。

◆《魔戒》：托尔金在办公桌前批改考卷时突然拿出了一张白纸，他莫名地提笔写下“在地底洞穴里住着一位哈比人”。当时的他根本不知道哈比人究竟是什么。

◆梁羽生：因为觉得吴氏太极拳代表人物之一的吴公仪和精通白鹤拳的陈克夫的比武不够刺激，干脆自己写武侠小说。

◆金庸：梁羽生连载了两本书太累了，于是被临时抓来顶替梁羽生凑单，写了第一部小说《书剑恩仇录》。

◆《小王子》：飞行员圣埃克苏佩里曾两次在沙漠里坠机，而书里的狐狸很可能来自一次因为缺水和饥饿而出现的幻觉。

◆《悲惨世界》：当时一个贫苦农民因偷了一块面包被判五年苦役，出狱后又因黄色身份证而不能就业，这件事深深触动了雨果。

◆《彼得·潘》：这是作者所处镇上一个很早去世的男孩的缩影。

◆《纳尼亚传奇》：刘易斯在某一年的白日梦里看见了一只人羊。

◆《安娜·卡列尼娜》：灵感来自报纸上一则卧轨自杀的新闻。

◆《冰与火之歌》：马丁的脑子里突然出现一幅荒原雪地中母狼死了，五只小狼围着妈妈尸体的画面。

◆《简·爱》：夏洛蒂旅行时去参观一所大宅——“北李思府邸”，这座大宅的前主人精神失常，闯进了一间有软垫的房间，最后死于一场大火。

◆歌德：年少时因为失恋而想自杀，而后灵感就来了，写出了《少年维特之烦恼》。

◆莫言：邻居作家竟然一天三顿吃饺子，非常羡慕，立志当作家。“小时候听说当作家的话就可以每顿都吃很多饺子。于是，就决心当作家了。”

（图 / 点点）

人心一旦猛于虎

□余　弓

元人陶宗仪在《南村辍耕录》中写了一个故事：从前有九个人在山间行走，突然天降大雨，于是他们就在路边一个破旧的土洞中避雨。忽然来了一只老虎，在洞口蹲着，张开血盆大口，虎视眈眈。

据说这九个人里有一个笨蛋，智商不高。另外八个自以为聪明的人就秘密商议，要把这个笨蛋骗出去喂老虎，把老虎引开。计谋已定，八个“聪明人”异口同声地对另一个人说：“老兄，你先出去，我们再从后面包抄，一起把老虎杀了！”

笨蛋果然是笨蛋，半天拿不定主意。眼看老虎就要冲进来，八个“聪明人”急忙每人脱掉一件衣服，捆成人的形状扔出去。老虎一看是假的，暴跳如雷，越逼越近。

这八个人见势不妙，马上一起动手，拼命把笨蛋推了出去。老虎以为这个仍然是假的，瞅都不瞅，继续向洞内扑来。就在这时，土洞突然崩塌，把这八个人和老虎一起埋了，而被推到洞外的笨蛋，则安然无恙。

柏拉图曾借苏格拉底之口说道：“逃离死亡并不难，难的是逃离邪恶，因为邪恶比死亡跑得更快。”（柏拉图《申辩篇》）这九个人本来可以齐心协力，一起把老虎赶跑，只可惜其中八个对另外一个起了歹念，结果“机关算尽太聪明，反误了卿卿性命”。

由此可见，害人之心不可有。人心一旦猛于虎，被吞噬的，很有可能首先是自己，而未必是别人。

（图/小粒团）

虎、驴、猫

□华明玥

有一位研究中国绘画史的朋友李涛，说过一句令人回味再三的话，他说，凡一生攻绘动物者，大抵少年绘虎，中年绘驴，老年绘猫。少年画不成虎，其气势胆略就逊一筹，想象力没有扩张到极致，挟风裹石扑面打来，以后画风文弱有闺阁态，似不能免；中年若善观察驴群在水边的种种动态，悄悄欣赏它们而不去打扰它们，最后才能极大程度地锻炼自己的记忆力。没有长期记忆力的画家，其老年是十分难挨的，因为记忆的潮水抛下他退去了，将老人搁浅在荒凉的沙滩上……曾经熟悉的一切一下子变得如此模糊，笔停在空中，迟迟无法落下，这种滋味定有倏然断裂的钝痛。“而老年绘不成猫之温驯之态，那么这画家的痛苦，大抵在于心理年龄与实际年龄的错节。他老梦想着在山杜鹃丛中有一只斑斓猛虎在向他凝望、咆哮，却画不出心中的吼声来。他画的画，一半是猫一半是虎。这就是残留的少年心性对老人的困扰。”

李涛于画理画论，讲得很透彻，但从“少年绘虎、中年绘驴、老年绘猫”生发开去，可以想象人生每个时期的向往。虎是勇气与力量的象征，驴是愚骏或大智若愚的象征，猫则是灵敏与机警的象征。人哪！总是在体力最弱勇气最浅的少年期想象猛虎；总是在智力发展的高峰期打消自己频频发表识见的欲望，向往以愚讷来粉饰自己的外表；到了老年，当灵异与警悚之感都离自己远去的时候，他加倍地羡慕起猫来了。养猫的老人，往往在家猫的眼中，看到了曾经属于自己的机警伶俐之态。

虎在山中，驴在水畔，猫在膝头。人逐渐成熟又逐渐老去的历程，总伴随着视野的收缩，梦想意识的收缩。最后，能温暖他生命的什物总停留在他的掌上膝上。种盆景、养鸟、搞收藏，包括绘猫，谁也没有老年人做得好。这一点，年轻人切不要去羡慕老年人。一步跨过绘虎画驴的阶段而去对猫写真，等于加速了人的想象力和行动能力的老化过程。提前去体验老年是不明智的事，20岁便很老成，可以想见他的后60年将过得十分单调了。因为不能想象一个人能画60年的猫，并保持60年的龙钟无争的情态。

该来的别躲，该走的别留。人生的每个阶段，其实都值得体验和流连。

（图/豆薇）

练书法所悟

□黄小平

记得初学书法时，老师说，写字要做到“眼观鼻、鼻观心”。说实话，我当时对这句话并没有太深的理解。

随着练习不断深入，对老师的这句话渐渐有了较深的领悟。“眼观鼻、鼻观心”，蕴含深意。首先，眼观鼻、鼻观心，就是要注意力下沉，要沉下心来，切忌心浮气躁，所以，做事要静“心”；其次，从眼到鼻、从鼻到心，最后落脚点在“心”上，所以，做事要用“心”；再次，心只有一个，眼观鼻、鼻观心，就是要全神贯注在“心”这个目标上，所以，做事要专“心”。

后来生活经历多了，起起落落中又有了人生的领悟——这三“心”，岂止练书法的秘诀，备足这三“心”，还有什么事做不好呢？

年轻时，我一直苦练书法，到了一个阶段，技艺便长进不大，甚是苦恼。经人介绍，我拜访了当地一位书法大师。当时，书法大师正在悠闲地喝茶，我甚是不解：他怎么不是在研究和练习书法呢？书法大师说，书法创作上有一个简单的技法，就是在面对一张宣纸进行布白的时候，要做到“密不透风，疏可走马”，也就是说，浓墨处，连风都吹不进去；而留下的空白，却可以任马驰骋。

见我若有所悟，书法大师继续说：“我刚才休息，也是在为人生‘留白’，让身心得到休整，还可以为复盘总结和确定下一步的方向留点思考空间，也是为努力进取积蓄更大的动力和斗志。”讲究疏密有致，有张有弛，这样做出来的事情，这样创作出来的作品，会更成功、更完美。

还有一次，我与一个也在练习书法的朋友交流，他说：“最简单的字往往是最难写的。”朋友解释说，最简单的字，正因为最好写，所以练习时往往不会太用功，浅尝辄止，练习琢磨不足够。最简单的字不用功去写，也就成了最难写的字；而最难写的字，因为难，反倒会用功去写，反复练习。功到自然成，这样一来，最难写的字反而成了最好写的字。

是啊！人生也是如此，易做的事，若敷衍着去做，不花什么心思，易事也会成为难事；而难做的事，若用心去做，下大力气去做，难事也会成为易事。

练书法，边练习边领悟，何尝不是人生的一种修炼？

（图/木木）

你长大了卖什么

□羊　白

我的小学语文老师姓孙，他个子不高，脸比较尖，因此起初我们并不喜欢他，背地里叫他“孙猴子”。

孙老师是个民办教师，他的理想是有朝一日成为公办教师，公办教师和民办教师的差别很大，先不说待遇、名声，单说找对象，就是一条很硬的资本。因名额有限，孙老师一直转不了公办，家里条件又不好，二十七八了还没有成家。

孙老师人特别，上课也特别，他教我们认字不是按课文和生字表来，往往是一组一组的，没学过的也会列出来，让我们比较着记。比如学一棵树的“棵”字，他会让同学们把自己知道的所有木字旁的字都写到黑板上去，等同学们写得差不多了，他再补充上几个，然后，这就是当天的作业。一个字写三遍。第二天听写，不会的字继续写三遍。再不会，放学后留下来写三遍。

记得有一次，班里的几个差生，分不清楚“买”和“卖”，老是写岔。孙老师讲着讲着，发脾气了，大吼着说：“你们都给我听清楚了，这‘卖’字上的‘十’字，就是你们家的‘粮食’，有‘粮食’才能‘卖’，没‘粮食’就只能‘买’了，懂了吧？”

说完，孙老师借题发挥，问我们长大了想当什么。

大家七嘴八舌，说什么理想的都有，声音最响亮、最有代表性的是售货员。

孙老师瞪我们一眼，说：“你们不都想当售货员吗？那么，你们长大了想卖什么？”

有同学说卖冰棍；有同学说卖西瓜；有同学说卖甘蔗……同学们正兴致高涨，孙老师把桌子一拍，似笑非笑地看着我们。然后摇摇头，意味深长地说：“你们说的这些东西固然都不错，然而毕竟不完全属于自己，总有一天会卖完的。你们想想，有没有什么东西，是真正由你们自己支配，取之不尽，用之不竭的？”

我们疑惑了，我们能有什么东西呢？我们挠着头皮，还是想不出来。有胆大的同学，豁出去了，干脆把摇钱树、聚宝盆、阿拉丁神灯说了出来。大家一阵哄笑，又是七嘴八舌。

孙老师看我们闹得差不多了，又猛拍一把桌子，很生气地大声吼道：“错。卖真才实学！”

我们愕然，教室里顿时变得鸦雀无声。我们这才醒悟，这个外冷内热的家伙，他的严厉中，原来一直包藏着对我们恨铁不成钢的期望和爱。

此后，我们很容易就把“买”和“卖”分清楚了。孙老师的土办法，你别说还真管用。更重要的是，一个问题在我们心里萌芽了：你长大了想卖什么？

（图／吴敏）

强者的低调

□高　莉

人物类纪录片《时代　我》，第一集介绍袁隆平。

片子很少展现他的光辉成就，反而通过记录普通生活，让我们看到了袁隆平的另外一面。

印象深刻的是袁老的三位孙女首次出镜的场景。她们梳着相似的娃娃头，穿着朴素，言谈举止满是童真与质朴。采访过程中总是面带笑容，丝毫没有因为爷爷是袁隆平而骄傲自大。

孩子说，小时候，她们并不知道爷爷是很厉害的人物。在学校时，老师曾问过她："知不知道你爷爷是干吗的？"女孩却摇摇头说："我爷爷是天天看天气预报的。"后来在课本上学到一篇关于爷爷的课文，同学们纷纷投来羡慕的眼神。她们才发觉自己的爷爷跟别人的不一样。

提到袁隆平，我们都会肃然起敬。作为享誉国内外的"杂交水稻之父"，农业领域的泰山北斗，他的研究成果养活了无数人，极大缓解了全球粮食问题，是名副其实的"当代神农"。

如此有名望的人物，行事却极为低调。20世纪60年代以来，袁隆平把一生精力都献给了杂交水稻，因为他见证了饿殍遍地、人如蝼蚁的三年困难时期。能活下来的，都是啃树皮，吃草根熬过来的。他深知，一粒粮食能救一个国家，也可以绊倒一个国家。从那时起，他一生最大的愿望就是让人类摆脱饥荒，让天下人都吃饱饭。

在袁隆平的努力下，面前的难关被一个个攻克，水稻亩产量也一次次增加。现在，中国人民都能吃饱了，世界上50%的水稻田也种上了杂交水稻。

即便已经举世闻名，身价千亿，但袁隆平始终淡泊名利，生活节俭，戴的是价格低廉的手表，穿着旧鞋子，衣服也就几十块钱一件。为了搞科研，袁隆平不住豪宅、不开豪车，把经费拿来做研究。国家奖励给他的青岛市国际院士港别墅，也被改成了团队研发海水稻的科研室。

一直以来，袁隆平下田地做实验，很少坐车，都是骑自行车去的。后来年纪大了，身体越来越不方便，才购置了一辆不到十万元的车。袁隆平常说："我不在家，就在试验田；不在试验田，就在去试验田的路上。""我是搞应用科学的，只有实干苦干才能够实践出真知。"正是这份质朴和坚定，让他在重重阻力和各种困难面前不灰心、不放弃。

有人说，内心越是高贵的人，行为就越谦卑，这是一个人品质的光芒。

我想，这就是袁隆平的真实写照吧。

（图/李倩莹）

世界还很年轻

□刘丽丽

初中毕业后，我考到县城读书，母亲得多费几倍的力气。一个春天下来，母亲变得又黑又瘦，但是那块荒地变得平头正脸。种子已经播到地里，芜杂的世界在春天呈现出新的秩序。

听邻居说，每天下地回来，她就钻进厨房忙活一家人的饭食，然后趁着薄暮时分的天光，再钻进棉花趟子里，有一回可能是太累了，母亲竟然歪在棉花地旁边的草沟里睡着了。

那段时间我的心情晴朗的时候少，阴天的时候多。功课紧张，偏偏班主任又指定让我参加学校的演讲比赛。以我内向的性格，让我在人前侃侃而谈，我实在觉得为难。当我站在棉花地头跟母亲大吐苦水的时候，就是怀着这样一种抗拒的心情，我想打退堂鼓。

那是一个秋天的清晨，在一棵棵棉苗前，母亲就像面对着十分宠爱的孩子。是啊，从春天到秋天，田里的无数棵棉花，就是这样一遍遍翻检过去，又抚摸过来的，每一棵棉花上都留下了她的指纹和温度。母亲的情意没有白费，棉花们都很争气，叶子深绿，极力展开的枝杈间已经能见到累累的棉桃。听完我的诉苦，母亲说：“老师让咱讲是看得起咱，那你就好好地讲。”回头揪下一个被雨水捂烂的桃子，惋惜地叹了一口气，继续说：“一遍讲不好，你就多讲几遍。好东西都是熬出来的。”

最后这句话突然击中了我的心。看着黑瘦的母亲，我突然一阵心酸，同时一股莫名的力量在心底泛起。为了我的新铺盖，母亲在“熬”；为了演讲比赛的好成绩，我也要“熬”。她虽然讲不出深刻的道理给我听，但她倔强地认定，自己的心血和汗水最终会变成洁白的棉絮，去温暖女儿，为了这份信念，她不喊苦不叫屈，硬生生将一块荒地变成了棉田。那时候，她既要照顾半身不遂的祖父，又要处理一大摊子家务。在焦头烂额里，信念如同一盏孤灯，在黑暗中亮起。循着这光亮，她看到了丰收在望的棉花，她的女儿也读出了一番人生的隽语。

多年之后回望，我还记得那个整日里劳碌的身影，记得她的不服输和坚持。这些年来，每当疲倦偷懒，我便习惯性地向着故乡的方向张望一会儿，然后俯下身子继续我的工作。

世界在窗外，未来在远方，亲爱的同学，你准备好出发了吗？希望你的心头也有一盏灯照拂，希望你坚定而努力。正如茨维塔耶娃在诗中写的：世界还很年轻，一切都将发生，为了你能到来。

（图/蝈菓猫）

让教育拐个弯

□宋　辉

时光荏苒，我已做了二十五年班主任。在工作中，我始终要求尽善尽美，让我的学生永争第一，在这种管班理念的指引下，我带出了一届又一届优秀生。

如果不是近期接到的一封学生来信，我可能还会这样做下去，这个学生是我最得意的门生涵。涵当年是市优秀班干部，连续三年的三好学生，考上了北大，正准备去做一名英语节目主持人。她在信中说：“老师，你让我永争第一，我一直在按你的要求去做，也取得了一些成绩，但我不快乐，我总对自己不满意。当有人超过我时，我会迁怒于别人，去发掘别人的不足，而不能善待他人。”

看着涵的这封来信，我惊讶得半天说不出话来。在我的心目中涵总是一副积极进取的样子。我没想到，我的教育对她的一生会产生如此大的影响，竟然导致她不快乐。我心痛了，不觉流下了眼泪，往事一幕幕浮现在眼前：优秀的宇去演讲，我让他争第一，比赛结果出来后，宇虽然发挥很好，但没能为班级争得第一，他因此上课不再积极发言，消沉了很长一段时间；聪明的笛参加知识竞赛，由于争第一的愿望太迫切，反而使自己紧张，发挥失常，名落孙山，从此笛拒绝参加所有比赛，看见我都要低头绕道离去……

我突然发现自己竟是如此残忍，自己的争强好胜让学生幼小的心灵背负着这么沉重的负担，这种永争第一的教育，最终会影响他们一生的幸福观、快乐观。我不禁扪心自问，自己教育的误区，给孩子们的心灵带来的阴霾。

我何不让我的教育拐一个“弯”呢？文超级喜欢数学，那就让他在自己的数学王国里自由驰骋吧，不要让他为了在数学竞赛中拿第一，而成了做题的“工具”；喜欢读书的铭就让她在自己的文字王国里自在抒发吧，不要让她为了在作文竞赛中拿第一，而失去灵性；喜欢美术的宁就让她在自己的艺术王国里自由涂鸦吧，不要让她为了在绘画比赛中拿第一，而失去创作欲望……

经过一段时间的观察，我发现学生的笑容多了起来，班级气氛融洽，形成了团结互助的学习氛围。学生成绩比以前有所提高，而且是全班性的，不仅仅是几个优秀生的提高，我终于发现老师多了一把衡量学生的尺子，就会多出一批好学生。

我让教育拐了一个“弯”，不再勉为其难争第一，不料却开辟了一片新天地，真正达到了我们教育的最终目的——让我们的学生成为一个快乐、幸福、健康向上的人。

（图/罗再武）

人生的重量

□王传珍

国贸大厦负二层的溜冰场上，一位头发花白的老人在自如地滑行。他戴着耳机，不时侧身单腿直滑，娴熟的步伐及那头花白的头发引来众人注目。

有人拿着手机录下这个场景，发了朋友圈。视频慢镜头中的他微闭双眼，张开双臂，无声地滑翔、旋转，像一只刚刚从暴风眼里穿过的海燕。他陶醉在这片冰的世界里，那张饱经风霜的脸上缓缓绽放的笑容，有着和年龄不相称的天真，脸上淡淡的悲伤中还透露出感受着生命活力的欣喜。

老人年轻那会儿就爱滑冰。有一天，他遇到人生中的一件大事。那天，他和往常一样下班回家，打算吃完饭带儿子去溜冰场玩。但等着他的是怎么也唤不醒的儿子，那个天真可爱的孩子紧闭双眼躺在冰凉的地板上，比地板更凉的是孩子的身体——刚过15岁生日的儿子因先天性心脏病突发，已离开了人世。他不能接受这个事实，身高快赶上父亲的活泼开朗的孩子怎么说没就没了呢？他一度想追随儿子一走了之。

有一天，他呆滞的眼神扫过屋角的冰鞋，眼里有了多日以来的第一点光亮。那双曾经每天被他擦拭得亮闪闪的冰刀如今斑痕点点。他试着穿上冰鞋，扶着栏杆，一步步地滑行。慢慢地，他张开双臂，双脚蹬着冰面，他滑起来了，不，他飞起来了。那一刻，他似乎也身轻如燕了，他从命运那双想要将他蹂躏至死的巨手中摆脱出来了——只要在冰上，悲伤就追不上他。滑起来的时候，风声呼啸而过，好像在提醒他身体的存在。他戴上那副从不离身的旧耳机，隔开风声人声，隔开世事苍凉。那一刻，他的世界是轻盈的、欢欣的。他带着对孩子的爱，重新爱上滑冰，爱上生活。

他从这一年滑向下一年，将悲伤与时间都甩在了身后。在冰场每年举办的邀请赛上，他总是拿下65岁以上年龄组的第一名，因为65岁的组里只有他一个人参赛，没有人和他争。他昂头说这句时，有点调侃也有点骄傲，还有一些小小的落寞。

他现在常说的一句话是："我这个动作（正在学习的动作）要能成，可就太幸福了。"滑冰，让他重新有了感知幸福的能力，不，也许这种感知力比从前更强了。因为失去过的人，才知道眼下拥有的一切多重要。

（图/陈明贵）

关系剧本，你拿的是哪一种

□黄　澜

我看到书上提出过四种不同类型人际关系的说法。

第一种关系剧本，叫作“我好、你不好”，就是把自己这边吊床的绳子绑得高高的，把对方那边压得低低的，形成了一种不平衡的关系。这样的人，总觉得自己特别对，而担心对方不太行。

有人训斥孩子时会说：我说这话是为你好，你必须听。这句话的潜台词是：我是好的，而你是不好的，所以你必须学习我的经验，这样你才能变好。

处在这样的关系里的孩子，老觉得自己不够好。等他长大了，自我评价会很低。

在伴侣关系中，总觉得自己特好而对方不好的一方，就会经常攻击另一半，对他百般挑剔，有时候甚至在公开场合贬损对方。

第二种关系剧本，叫作“我不好、你好”，就是把吊床的绳子在自己这边拴得低低的，在对方那边绑得很高，建立起我低你高的吊床关系。

比如，爸爸会跟孩子说：“你爸这辈子是没指望了，儿子你一定要出人头地呀。”妈妈会跟孩子说：“妈妈没有嫁对老公，你要是抓住机会一定能找个好的。”在这样的表达中被抬高的孩子，肩上扛着一种压力，他要用他的优秀来填补弱者的遗憾。为别人而活的他，常常忽略自己的需要，没办法做真正想做的事情。

恋爱关系中，也有拿着“我不好、你好”剧本的人，他们总是觉得自己不好，配不上优秀的另外一半。这种用自我贬低给对方施压的人，往往弄得彼此都不舒服。

第三种剧本，叫作“我不好，你也不好”。习惯这样的关系剧本的人，看到的世界是灰蒙蒙的。我们会听到妈妈对孩子说：“你爸妈都没什么本事，你看你，读书也不行，以后的日子怎么过？”男生对女生说：“就你长成这样，也就只能配我了，谁也别嫌谁。”女生对男生说：“就你这能力还要换工作？别折腾了，老实过吧。”

最后一种剧本，叫作“我好、你也好”。这是一个喜剧剧本。

对自己很满意，觉得对方也很好。在关系中的每一句话，无不在传递一种积极的能量。

“妈妈上班很努力，宝宝学习很认真，我们一起大吃一顿吧。”“我们是郎才女貌、女才郎貌，天生一对呀。”“虽然遇到困难，但我一定搞得定。你那么厉害，会支持我的，对吧？”

说这种话语的人，把关系的吊床拴得高高的、平平的、牢牢的，让两个人的自信水平始终处在稳定高能的位置上。学会爱自己，也欣赏别人。这样的关系，越构建，越开心。

（图／熊 LALA）

若一生平凡，你会后悔吗

□小鲈鱼

《奇葩说》第六季最后的辩题是：终其一生只是个平凡人，你会后悔吗？

从未经历过大喜，也未遭受过大悲，没有实现梦想，也没有娶到心爱的姑娘……整个人生品起来既不像白酒一样辛辣，也不像雪碧那样甘甜。这样的人生你会后悔吗？

2018年3月，香港第37届电影金像奖终身成就奖颁发给了一位84岁的老人——楚原。在领奖致辞时，他说："把这么一个奖杯颁给了一个终身没有什么成就的人，真是受之有愧。"楚原，1958年拍出了人生的第一部电影《血染相思谷》；1973年，就拍摄出一部打破当时香港开埠以来最高票房纪录的影片《七十二家房客》；之后更与古龙的新式武侠小说合作，成为香港第一武侠导演。

在当年香港的影视圈内流传过这样一句话：没演过楚原的武侠电影的，都不算电影演员。那时，他是香港最幸福的导演，所有人都拥戴他。只是好景不长，他的影片风格逐渐跟不上时代的变化，拍了好几部影片票房都十分惨淡。以至于在他准备开拍《天龙八部》时公司高层直接闯进片场，撕掉他的开拍通告。那时，他是香港最难堪的导演。

之后，他更是从一个知名导演变成了一个龙套，这一跑就是二十多年。没人知道，他从一个默默无闻的小青年变成香港第一武侠导演付出过多大的努力。他努力让自己的人生变得"不凡"，但是命运让他变得"平凡"。

他的一生就如同毛姆在《月亮和六便士》中写下的那句话："我用尽全力，却终将过着平凡的一生。"

平凡并不等于平庸。能够接受自己的平凡，并且过好平凡的一生也是一种"不平凡"。

（图/豆薇）

一束微光也能照亮前行的道路

□木　衫

我是一名高中英语老师，今年我接到了一个复读班的教学任务。而在我第一次进班的时候，一个一米八的高个儿男生吸引了我的注意。因为班上其他的同学都在聊天，打闹，只有他独自奋战在题海中。

后来当我询问班上同学高考的各科成绩的时候，我发现那个大高个子竟然是一个总分580分但是英语只有45分的严重偏科生，当时，真的是让我大吃一惊。

于是临近放学的时候，我在讲台上便指着那名同学说“放学你留一下”。放学后，我问他：“你来复读这一年，准备将英语成绩提上去吗？”他点了点头。我继续问道：“那你明年高考英语要考多少分？”他却低着头沉默不语，我看一眼他的眼睛，发现他的眼里竟然闪着泪光。见状我便不再询问，他如同大赦一般，说了句“老师再见”就急急忙忙走了。

第二天，我刚进教室，那位男同学便紧张地向我走来，递给我一张字条。到办公室后，我好奇地打开那张字条。上面写着一句令我心痛的话。“老师，我想学英语，但是我很笨，希望你不要抛弃我。”

自那之后，我便专门挑了班上英语最差的同学，每天监督他们背单词。

而我想他就像这个钊字一样，充满韧性与坚持。

每天早上当我去检查早自习的时候，总能听见有一个人的声音盖过了全班的声音，那就是李钊的声音。

有一次，我因为教务处的工作晚上10：50才走，当我路过班级的时候，发现教室里的灯还亮着，我推开门进去一看，吃惊地发现李钊竟然还在刷着英语题。当时我说：“11点寝室就关门了，再不回去就进不去了。”但是他头也不抬地对我摆摆手说：“10：55再走。”

就这样，临近高考，他的英语也从当初的45分到一模的70分，再到二模的88分和三模的110分。高考之后，我们有次聚会，他走过来紧紧地抱了我一下，眼中闪着泪光说：“老师，我知道我很笨，在遇到您之前我的英语世界一片黑暗，我之前的英语老师看我的英语差都不愿意管我。但是您不放弃我，还细心地教导我，谢谢您，老师。”

高考出成绩那晚，我便在那里等着同学们一个一个给我报成绩，李钊深夜给我打来电话，电话那头传来他带着哭声的几个数字：112分。

当晚我彻夜未眠，躺在床上思考良久，我突然感觉教师这个职业是如此伟大，或许我无法教给我的学生独当一面的能力，但是我想我会默默地守护着这三尺讲台，就像一座灯塔一样，在这里给莘莘学子在追求梦想的道路上照亮一段路程。

（图/鹿川）

自在就是不讨好这个世界

□郭　红

为什么讨厌合影呢？一瞬间努力睁大眼睛，凝固表情，想要呈现最好看的样子，但总是奇怪的样子。我们在讨好一个不知道的观众，一个不认识、不在乎你的人，对方只是瞟一眼，然后随口评论一句，你却在这里努力做出讨喜的样子。

我喜欢和亲密的朋友合影，互拍或是自拍。两个人毫无芥蒂地脸碰着脸，一起眼睛含笑地看着镜头里的自己，调整角度和表情。这样拍照，愉悦的人是自己，这是一个游戏，一个互相取悦的瞬间，记录的是当下美好的心境。

说到底，世间除了少数的几个人，谁又会真正在乎你呢？而如果你不自在，你在照片里的样子也是不自在的。

一个不自在的人，身上总有一些不单纯属于他的东西，一些由杂念而来的东西，凝固成了杂质，附着在眼睛里、生硬的笑容里，甚至不自然却熟练的姿态里。

为什么会喜欢一个自在的人呢？也许是因为他不讨好、不献媚、不自卑也不自大，他因为是自己而满足，他知道自己是谁；也许是因为他干干净净地站在那里，简简单单地说着话，你会因为他的自在而感觉松弛，仿佛自己也放下了担子。

我们每个人的心上都背着各种各样的担子，它们从内部挤压你，使你不知不觉负重前行。

那些内在的担子予你更大的不自由。你的腰弯了，腿软了，脖子不再像年轻时那样直挺挺地梗着，说话有气无力，你对整个世界再也拿不出以前那样无所畏惧的勇气了。

岁月把负担不知不觉地灌注进你的灵魂里。你是在岁月里老去的，是在失去对抗的勇气里老去的。你变得面目全非，失去了与生俱来的像个国王一样的气质，你在讨好这个世界。

而世界是什么？是一碗饭？一间屋子？一缕阳光或一阵微风？世界不是你讨好来的。

当你自在如国王时，世界本来就是你的。

（图/小粒团）

少男

□刘庆邦

春节刚刚过去，地上还到处能看到破碎的炮屑。河生靠在院墙外的一棵苦楮树下，他不过是个十二三岁的男孩子。他鼻子饱饱的，脸蛋儿鼓鼓的，一切还没真正长开，只是他的眼神有些忧郁。

他刚刚听说了姐姐定亲的事，这就意味着姐姐将变成别人家的人，这是河生不大容易接受的。河生是家里的长子，父亲去世后，在弟弟妹妹眼中，他俨然一副小父亲的样子。河生从刚会走时，就由姐姐领着玩。若是谁敢欺负他，姐姐跃起来就跟人家厮打。他到了上学的年龄，母亲就不许姐姐再上学，姐姐很快就理解了。姐姐退学后，天天到地里薅草，并用卖干草的钱补贴家用。后来，河生偶尔听人说姐姐的对象是河对岸那个村的，他还记住了他的名字。河生觉得那人的名字生硬蹩脚得很，他在心里发誓，只承认姐姐，绝不承认姐夫。

夏天的一个午后，河生跟同村的一帮人去河里摸鱼。到了河边，河生犹犹豫豫，没有下水。不知为什么，他总是有些担心，担心那个人会突然从逮鱼的队伍里冒出来。真是怕鬼有鬼，他听到有人喊那个人的名字。那个人果然出现了！不仅出现了，还捕到了一条很大的黑鱼。河生赶紧躲到了一丛蓖麻下面的阴影里，他害怕有人看到他，对他说："河生，你看，那个捉到黑鱼的人就是你姐夫。"

说实在话，那个人个头不矮，身体结实。

到了秋后，原来跟姐姐定亲的那个小伙子，到外地参加工作一段时间后，让家里人替他退亲。起初，河生并不知道退亲的事，只是发现姐姐做好了饭，却不吃，在听准了退亲的事之后，河生就像被当头砸了一砖头，头发空，腿发软，小脸顿时变得苍白。河生觉得，这件事不仅对姐姐是一个侮辱，对母亲、对他、对他们全家都是一个严重的耍弄和侮辱。河生真想为姐姐出这口气，但找不到对象。这回轮到河生不吃饭了。母亲问他心里到底有什么事，他只说不饿，不想吃。母亲气得要打他，没打成，自己先哭了。母亲哭的时候提到了父亲，对父亲有所埋怨，说他们父亲要是还活着她哪至于遭这么大的罪。

河生的委屈是一个大包，母亲的话把他的委屈捅破了，他虽然咬着牙对自己说"我是长子，我不哭"，可他到底没能咬住，嗷的一声就哭倒在地。他哭了一会儿就不哭了，他心里突然升起一个庄严的念头：从今以后，我要好好读书……

（图/蝈巢猫）

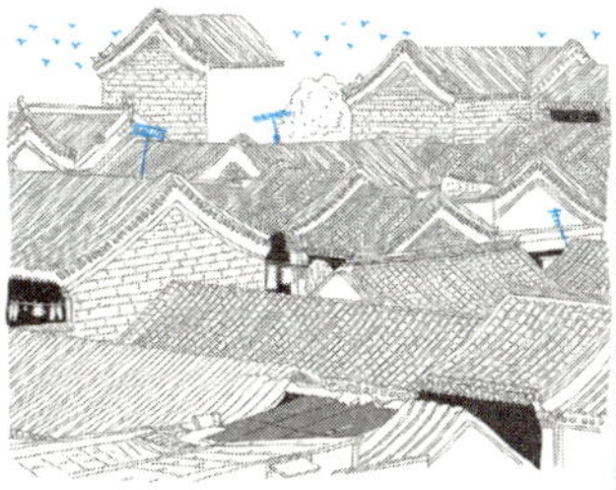

那些租来的房子里也写着生活

□周云蓬

平生第一次租房子住，是在圆明园福海边，一间朝北的小房子，比我的身体稍大，能将就着放一张床，月租八十元。

全院子，算上我一共有两个卖唱的，两个画画的，一个写作的。大姐看我双目失明生活困难，主动邀请我和他们家一起吃饭，每天多交两块钱。

那时候，我卖唱结束每天晚上回到家，大姐帮我数钱，用猴皮筋儿，把毛票捆在一起，一元的另外一捆，她如果见到钱堆里凤毛麟角的十元钞票，总会惊喜地大叫，小周，发财了。弄得我晚上回来清点收入，成了全院子的重大仪式，邻居们欢乐地跑出来围在大姐身旁伸着脖子看。

每逢春节，回不了家的人，全上了大姐家的年夜饭桌。会唱的高歌两首以助酒兴，会写的写春联，画画的画点鸟儿鱼儿等吉祥物。

一九九五年冬天，我和女友去青岛，在浮山所租了个平房，房租二百元，免水电费。房东是个很厉害的山东大妈，严格限制我们对水电的使用，还在房间的墙上写上警示语：浪费是犯罪。青岛的冬天又潮又冷，我们俩整天在房子里哆嗦。幸亏房东有个好女儿，名字叫倩倩，看我们可怜，偷偷给我们买了个电炉子，瞅准她妈妈出门，就来敲我们的窗户，电炉子便可以红起来了。

后来，钱花光了，还欠了几天房租。还是倩倩，瞒着她妈妈，把我们送上了开往上海的轮船。临下船的时候，她唱了一句“你在海角天边”，本来是临别开玩笑的，可还没唱完，女友就和她抱在一起哭了。

我和女友去年搬到了绍兴。租了个小木楼，旁边有座桥，叫作酒务桥。窗外是泊着乌篷船的小河。早上，赖在床上，听到有划桨的声音，就猜到天气不错，有游客坐船去鲁迅故居了。离我家不远，是徐渭的青藤书屋，五元一张票，里面很幽静，整天看不到一个游客。我俩都想去应聘看门人的工作，不要工资，管住就行。

还有一个租来的房子，是本人的身体。俗话说，眼为心灵之窗。我这个房子，窗户坏了，采光不好。找“房东”理论，我胆子小不敢。那只好在里面多装上几盏灯增强照明。其实，总是亮堂堂的，也扰人清梦。坐在自己的心里，聆听世界，写下这些文字。字词不再是象形的图画，而是一个个音节，叮叮咚咚的，宛如夜雨敲窗，房东就是命运，谁敢总向他抱怨？有地方住就不错了，能活着就挺好了。

（图/熊 LALA）

痛苦是一种自我选择

□于德志

关于情绪的脑成像研究发现：痛苦是一种自我选择！这句话会冒犯很多身处心理困境的来访者：我的悲伤、孤独、愤怒、无力、绝望是如此真实，我对此完全无能为力，你凭什么说这是种选择？对有抑郁情绪的来访者或抑郁症患者来说，这句话尤其残酷，他们可能会强烈质疑：你是在攻击我们吗？你认为是我们主动选择了抑郁？难道我们不想摆脱抑郁？这当然不是我想表达的。在回答质疑之前，先让我们一起看看关于情绪、感受的实证研究。

巴蕾特博士是美国东北大学一位杰出的心理学教授，在将近三十年里，她一直从事情绪领域的研究。在扫描过数百个大脑、分析过涉及数千名实验对象的数百篇生理研究、探讨过大量与情绪有关的大脑成像研究后，她在自己的新书《情绪如何产生》中提出一个全新的研究结论：我们的情绪并非天生，情绪的变化完全是后天经验以及自我选择的结果。她的研究结论与海耶斯教授的关系框架理论研究成果几乎不谋而合：痛苦源于个人经验，源于我们的知识建构模式。

举例来说，当我们准备在一个重要的比赛中上场时，可能会心跳加速、肌肉紧绷、手心出汗，胃肠也可能开始搅动。此时，如果我们有焦虑发作的经验，可能会想：糟了，我感到非常紧张，我又焦虑发作了，而这会搞砸比赛的……然后，我们真的会开始焦虑，并出现与之吻合的多种反应。但同样的身体感受，可以有不同的解读，譬如手心出汗，其原始的适应功能包括握紧武器或抓紧树干，以便更好地战斗或迅速逃避可能的风险。如此，我们便可以换个角度来观察：即将上场让我感到兴奋，我现在充满力量，有信心面对一切挑战。在这种思维下，我们会跃跃欲试，对即将来临的挑战充满信心与力量。如何解读发生的一切，这是个人可选择、可掌控的——在这种选择之后，我们的感受会随之发生变化。所以，感受不是天生的，它是我们的选择所制造的。

巴蕾特的研究显示，当身体出现这些变化时，如果学生能习惯性地制造出充满力量的决心而非焦虑，他们的考试表现会更好。回到来访者可能会有的质疑问题上，“痛苦是一种自我选择”这句话并非攻击，它只是一种提醒：我们一直拥有生活的选择权，哪怕是在困境中，依然可以通过有效的练习，让自己更有智慧地面对各种挑战。但是，要接受“我能选择并掌控自己的生活”这一信念，对很多来访者并不容易。因为意愿、选择、掌控不仅意味着希望，更意味着责任——对很多人来说，希望、责任都是危险的，尤其是责任，它们可能意味着新的伤害。

（图/木木）

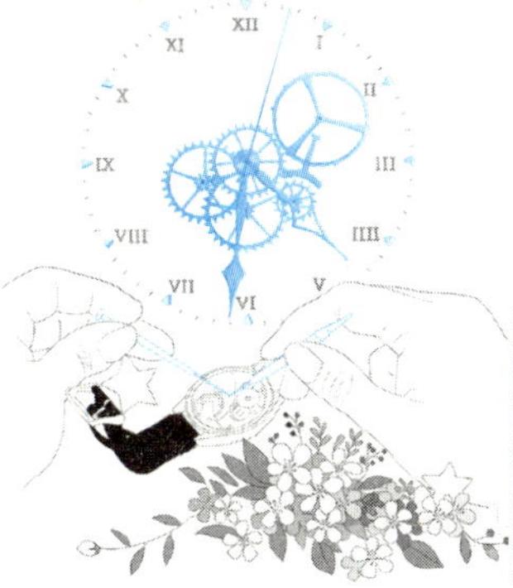

钟表匠

□万馨潞

“嘀嗒……嘀嗒……”，朱红的高墙里孤独地回响……

“嘀嗒……嘀嗒……”，数百载的光阴里断断又续续……

提起钟表，我率先想起几年前大热的“故宫男神”王津。

一个小零件就能琢磨上几天，一台钟表的修复动辄七八个月，四十多年的一日复一日，又何曾受得起“容易”二字？不过是怀着一腔热爱与决心，不让时光复活不罢休而已。他的手上，没有修不好的钟表，只有尚在修复中。终有一日，“嘀嗒”声将再次在镶银的、镏金的繁复精巧的图腾上腾跃。钟表修复师，已经很难用“技艺高超”来形容了，支撑其卓越的，更多的是历史长河中沉淀下来的一种“韧”劲，一种信念。

增加曝光率的机会不少，但都被一一谢绝，为的是更多更早地唤醒剩余的破损钟表。唯有故宫深处的寂静，能安放他的喜爱。

这不是王津独有的专注，而是中国工匠的传统。譬如凤凰骄子沈从文，绝大多数人知道的《边城》作者，然后呢？他还是我国服装史学科的奠基人，直到学术成果闻名于世，当有外国人前来询问时，得到的回答却是“从未听说过这个人”，类似的内秀于心有过之而无不及。

立足当下固然重要，但是文化基因也不能不要。

实现中华民族伟大复兴是时代的底色，那么，何为复兴？即为重振华夏之雄风。既然是“复”，是“重”，那就必然要汲取历史中的养分，他们修复的是祖国的灵魂，他们传承的是祖先的意志。

源远流长的中华文明是中国昂首于世界之林的根本。九十岁高龄的袁老日日下田的坚持是中国精神，八十多岁的院士和二十多岁的护士逆行出征也是，这些使中国迸发出蓬勃力量，进而攻克一个个不可能的难关……

如果五千年的文明是根，那他们就是养护的园丁，这份工作，又如何配不上伟大与光荣？

只要文化血脉不断，中华民族便永远昂扬向上。

出圈的王津，让更多的年轻人了解到现今传承艰难的行业，而这次关注也带来了新的发展契机。网络作家柳下挥的作品《猎赝》源自他的启发，也是现代方式与传统行业的一种结合。有了新形式的再推广，钟声必将响彻神州大地。

“嘀嗒……嘀嗒……”，深宫里的钟表匠还没有休息……

（图/李倩莹）

内向是对内向者的保护

□遇言不止

武志红曾经分享过自己在北大学心理时的一段经历：他一直都是个内向的宅男。大二那年，他下决心改变自己内向的性格，也为此付出了很多努力。

后来，身边的朋友多了非常多，每天都会在宿舍接到很多朋友打来的电话，甚至因为女性朋友比较多，一度被人叫作“花花公子”。

可是这些让他觉得非常疲惫。

他一直都是能在独处中获得快乐与能量的人，读书、写作、看电影……这些事情安静又纯粹，赋予他活力与创造力。

变外向这件事，就不一样了，朋友虽然多，但真正能谈心的很少，社交活动看上去很热闹，但置身其中，让他觉得消耗又无力。

还有一点，他发现自己在关系中常常被他人索取，而且不懂得拒绝。

因此，认识的人越多，他被索取的越多，就像是一步步被掏空。

后来他回顾这段经历，发现内向其实是对自己这个内向者的保护。

不让他过度消耗自己，能有更多的时间与自己对话，去聆听他人，滋养自己的生命。

发现这一点之后，武志红再也不会觉得“内向”是一件不好的事情，反倒越发珍惜自己“内向”的品质。

生活中，有很多“假性外向”的人，他们因身份、职业需要不得不强行融入人群，在外人看来，朋友很多，每天去KTV，聚餐聚会，喝酒旅游……

但其实身处其中，他们会感到十分消耗心力，等喧闹结束，更享受瘫在家里独处。

逼迫自己外向，本质上，是我们高估了“外向”的优势。

外向不等于会沟通，沟通是一种社交能力，是可以有针对性练习与提升的个人技能。

外向不代表受欢迎，事实上，有些人外向但不太会说话，每句话都冒犯别人而不自知，只会让人们离他更远。

同样，内向也不代表孤僻、不善言辞，很多人平时看起来文静内敛，但也能在需要的时刻一鸣惊人。

区分内外向，不是看他们的社交能力如何，而是看他们获取精力的方式。

简单来说，外向的人通过社交充电，一离开人群，就会感到枯燥无聊。

内向的人通过独处获得能力，强行让他去社交，会让他感到消耗和疲惫。

这两种倾向你选择哪一种，都伴随着享受。所以，外向也好，内向也好，各自都有性格中的财富需要去挖掘，也有自己需要去面对的功课。

（图/李倩莹）

对青春的尊重

□程　刚

初中那会儿，父母亲已在南方做生意多年，家里生活条件很好，我过着富足的生活。初中毕业后，我考上了市里的一所实验中学。

那时，学校搞勤工俭学，在校园西北角空地开了10亩地，分给各个班，让自己种东西，收获后自己卖作为班费。王老师带着我们在这块地种上了菜，这是我头一次干农活，有一种说不出的新鲜感。

李同学家在农村，学习上是佼佼者，我能从他身上感受到生活的不易，他每个月回一次家，然后带足能吃一周的干饼，再带些咸菜，大部分时间都是吃这些，他用的被子上还有补丁，而我的早都换成了又轻又暖的羽绒被。种菜初期的新鲜劲很快就没有了，我开始讨厌拔草，特别是施肥，一到劳动的时候我就找各种借口躲开。

这片菜地，多亏李同学了，全班就他会种。施肥的时候，就他一个人干得最卖力，他说他在家就干这些活，早都习惯了。

我不去劳动，遭到王老师的严厉批评，但我当时很不在乎。

秋天到了，菜地收获了，是个丰收季，卖了800多元。班委研究这钱怎么用，大家一致提出给李同学200元，因为数他最辛苦，但李同学拒绝单独分给他200元，他说钱是班级的，不应该单独分给他。

这一周，李同学没回家，我在步行街买鞋时在一家饭店门口碰见了他。他正在和一位师傅倾倒垃圾，我问他怎么在这里，李同学笑着说：“打个短工，一天30元。”我点了点头，没说太多就走了。

那天下午，逛街累了，我便进了电影院看电影。可刚进电影院，就看到王老师和李同学，真是巧了。看完电影，李同学坐公交回学校，而我和王老师坐另一班回家。车上，我和王老师闲聊，问王老师：“李同学家里条件不好，怎么舍得花钱来看电影？”王老师沉默了一会儿，对我说：“程刚，李同学说自己从来没进过电影院，说我最近给他补习知识竞赛很辛苦，想邀请我一起看一场，我知道他家条件不好，但我还是毫不犹豫地答应了。”“为啥？”我有些疑惑地问。“老师尊重他的青春，他家贫穷，但他的青春里没有自卑，他把干最苦的活当快乐，想看电影，就去打工挣钱，这是他最真实的青春。程刚，你尊重你的青春了吗？你来看电影，是自己奋斗出来的吗……”

那一刻，我不知道该说些什么。从那天起，我知道了在青春的色彩里还有“尊重”这个词，不但要尊重别人，更应该尊重自己。

（图/张翀）

如果想认识一个高不可攀的人

□林特特

一天，我参加了一场重要的行业交流会。中场休息，我看到一位年轻的参会者A堵在会议室门口，举着手机，手机显示的是他的微信二维码，他对每一个经过的人说："老师，我特别崇拜您，扫我一下，加我微信吧。"

大部分人没理他，少数几位面软的，被他堵着，扫了他的二维码。我的一个熟人加了A，可我分明看见，他对A迅速设置了"朋友圈不可见"。

又一天，我参加另一个会议，这次会议的形式是几位业内"大牛"轮流在台上演讲。其中一位，谈笑风生，指点江山，个人魅力非凡。等他下台，听众一拥而上，如众星捧月。此时，年轻人B走到"大牛"面前，递上名片，说："老师，您在演讲中提到下半年要在全国各行业进行田野调查。我在教育系统工作，我的家人也都在教育系统，从基层到管理层，我都能给您提供样本，有什么需要，联系我。"

"大牛"眼前一亮，他接过B的名片，翻过来，背面是B的微信二维码。"大牛"在离开会场前和B互加了微信，并在B的名字旁仔细添加备注。

这一幕，深深烙印在我的心里。

你也遇到过类似的情况吧？一场聚会，有许多你想认识的前辈、"大咖"，他们近在咫尺，又似乎高不可攀。你想和他们建立联系，又怕被拒绝、被屏蔽；放弃，好像又对不起眼前的机会。

要知道，低姿态不代表能办成事。一味主动、热情，表达喜爱甚至崇拜，没有用，因为你想认识的人没有理由认识你。

该怎么办？给他理由。

最好的理由，是你能提供的价值。让对方知道，你的价值是他需要的。B就给出了他的价值——他能为那位"大牛"提供相关样本。

可是，你的价值从何而来？

你可以判断对方的需求与你能够提供的帮助之间是否有交集，有，你能提供的帮助就是你的价值；如果没有，你的专业、你最擅长的事儿，这些你有而他没有的，也是你的价值。

回到被A堵住的会议室门口。

其实，在那场名家云集的文学大会上，A是某省某刊派来的代表。他完全可以跟大家说"如果您想去我们省采风，请联系我"。

这是他的价值。

其实，如果A回去翻翻主办方发的小册子就会发现，每个人的手机号都列在上面了。给想加的人发一条真诚而具体的短信，或通过手机号搜索微信号，被拒绝的概率总比堵在会议室门口，强迫大家扫他的微信二维码要小。

（图/吴敏）

再生

□华　姿

壁虎断尾之后，通常过不了多久——两三天后，它的新尾巴就会长出来。这叫再生。

因为壁虎的尾巴里有一种再生细胞，一旦断尾，壁虎的身体就会分泌一种激素，在激素的刺激下，再生细胞不断分化，新尾巴就长出来了。新尾巴一长出来，激素分泌便会随即停止。

蜥蜴也是。一旦遭遇危险，蜥蜴便立即自截尾巴。当对方被跳动不已的尾巴吸引时，蜥蜴便趁机逃走。几天后，新的尾巴会再长出来。

蜘蛛也是。当它的附肢被强敌夹持时，它便果断地切断附肢逃走。到了蜕皮的时候，再长出附肢。虾和蟹也是，以断足的方式逃脱，而后再长出新足。

蚯蚓也能再生。但蚯蚓不是自截，而是被截。通常情况下，蚯蚓是被犁铧、铁锹、锄头、铲子等截断的。蚯蚓生活在土中，难免被农具所伤——或是头部被伤，或是尾部被伤。

蚯蚓是环节动物，没有骨骼，没有视觉和听觉，也没有呼吸器官——蚯蚓是用皮肤呼吸的。尖的那头是头部，粗的那头是尾部。当尾部被切除后，只需一个月左右，就能长出新的尾部。

有人曾做过实验：切去蚯蚓尾部的5个体节后，把它放在打湿的草纸上，在纸上撒一些碎菜叶，再盖上玻璃杯，隔几天洒一次水。大概一个月后，被切除的那5个体节就长出来了。

古人说，蚓无爪牙之利，筋骨之强，唯壤土、水而自足，别无所求。但这样的蚓，具有无与伦比的再生能力。即使从中部把它切断，它也能存活，并重新长完整。有人甚至认为，一条蚯蚓被拦腰切断后，或可长出两条蚯蚓：没有头部的那段会长出一个新的头来，没有尾巴的那段会长出一个新的尾巴来。但这个说法尚未得到科学证实。

据说水螅的再生能力更强。若把它的身体分成3段，它就长出3条水螅；若分为5段，它就长出5条水螅。因为无论怎么分，每段水螅都会变成一条新的完整的水螅。

盛夏的傍晚，雨过天晴。当月上树梢的时候，一条蚯蚓在我的菜地里开始拱土。那么，这是一条再生的蚯蚓吗？

平凡、卑微，终生默默无闻，却无比坚韧、无比顽强。纵使落入困境，纵使被置于死地，也要活下去，也能活下去。这既是某些动物和植物的写照，也是某类人的写照。越寻常的人，其内心往往越强韧，所以也越能坚持，越能忍耐。

（图／兜子）

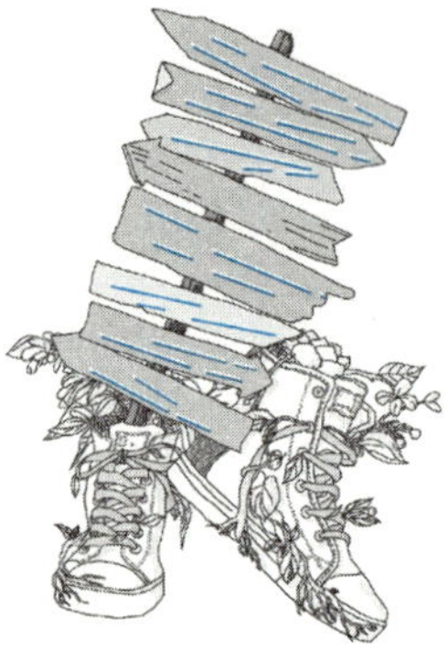

穿上别人的鞋思考

□二公子

公司组织的培训课上不止一次说过，要在生活和工作中学会换位思考，要穿上别人的鞋子走路试试，去共情去沟通，获得理解，最终取得双赢。

有档真人秀叫《卧底老板》，每期会有一家公司的管理层为了了解自己公司的一线运作，脱下正装、改变发型发色、刮掉胡子、戴上眼镜或者假发，在门可罗雀的连锁店当临时工，或者去营业额最差的销售处做管培生。

在这一周里，这些无间道老板总是尴尬地直面大量的负面评价，其中不乏对管理层的吐槽，但他们也因而发现公司可以改善的空间，并且结识了不少有真知灼见的员工。可是也不止一次，老板们无法融入角色，连一天的普通销售员都做不好，比如面对客户无法一口气背出公司的产品性能，或者记不住客人加双份奶酪、不要洋葱、多一份辣椒和腌肉的点单。看来思考容易，换位有时候不那么容易。

不少艺术创作者，比如摄影师或者写剧本的，为了一张好照片，为了一个角色的台词，选择去体验生活。可是我一个码字的朋友怀疑通过这种方式到底能看到多少真实的世界。她说把别人几年十几年的生活，放在几千字里，还要给出重点，根本无法真切地体现别人经历的情感，是在隔靴搔痒。

我们都同意，只有领航员塞缪尔·克莱门斯，才能描绘出《密西西比河上的生活》里壮阔的河流，并成为马克·吐温；只有身为医生的保罗·卡拉尼什，才能在《当呼吸化为空气》中得知自己罹患癌症后，还关心“卡普兰迈耶生存曲线”；只有写《追风筝的人》的胡塞尼，才能勾勒出过往喀布尔还没有战火的天空。

我换位思考最多的心得之一，来自曾做过两个月的顺风车司机。那段时间每周六送完女儿上学习班回家的路上，我就打开软件接一个乘客，接到过意气风发的学生、沉默的程序员、忙碌的展会销售和喋喋不休的餐馆老板。

随着女儿学习班课程结束，我也结束了自己的司机生涯，不仅因为偶尔的差评对我的打击很大，也因为在大雨中一次次兜圈子寻找可以停车的地方真不是我的专长。自从我放下司机的身份，重新成为乘客后，我就选择微笑着感谢每一个送我安全抵达的驾驶员。

（图/罗再武）

长大这件事

□高 源

我常常会想长大以后要成为什么样的人，然后才意识到我已经长大很久很久了。我知道自己不是一个合格的大人，继而开始怀疑到底有没有好好地做过孩子。就像休息好才能工作好，玩好才能学好，打好地基才能建高楼，真正做过孩子，才会有成为大人的可能。

长大的困难在于，首先要有长大的意愿，其次要足够勇敢和强大，以便承受成长过程中的种种艰辛，特别是在有缺口的情况下。毕竟，成长从来都不是容易的，更别提快乐了，因为你会发现现实世界与曾经以为的并不一样，要经历一次次的撕裂与重建、毁灭与重生。

“长大”究竟意味着什么？这是一个模糊的概念。

小时候我特别向往大人的世界。我盼着快快长大，因为那意味着广阔而新奇的世界，更重要的是，那代表着独立和自由——自己赚钱，想买什么就买什么，想去哪儿玩就去哪儿玩，不再受大人的管控。以我目前的经验来看，长大确实带来了这方面的快乐。有了收入之后，我终于可以自由痛快地买喜欢的东西而不必遭受大人的训斥，比如疯狂买书，比如在文具店大肆“扫荡”，试图弥补小时候的夙愿。从某种程度上说，独立自由是长大最好的地方，也恰恰是最坏的地方。要养活自己，要自主选择并承担责任，这意味着巨大的压力和沉重的负荷。小时候没有自由，让大人替自己做决定其实是很轻松的，省去了独立思考的劳累，万一结果不好，还可以把责任全部推给别人。长大后有了自主权，做重大决定前瞻前顾后患得患失，要鼓起足够的勇气去接受结果；为了维持生计，承担起家庭责任，还常常要忍气吞声地做自己不那么喜欢的事，个性和情怀难免遭受打击和磨损，享受生活渐渐成为一种奢侈……

是否发自内心地想要长大，取决于长大究竟能带来什么。

我试图这样劝服自己：长大或许意味着对现实妥协，放弃浪漫的梦想，逐渐变得沉重而麻木。但是，长大也意味着学会独立思考、变得更有力量，意味着接受贯穿我们生命始终的裂缝，意味着因“实然”和“应然”的差异而失望的同时，依旧保留一点点童心和理想主义。

长大意味着接受这个世界，也意味着有机会去创造更好的世界。

也许未来有一天我可以真正长大……也许吧！谁知道呢？

（图/木木）

没有一种生活叫"最好的生活"

□林一芙

父亲的朋友在乡下买了一大片田，建了一个80平方米的玻璃房子，还搭了一个200平方米的葡萄园。我去看了几次，心生艳羡。

过了一阵子，大家又在饭桌上说起这件事，那位前辈竟然倒起苦水来："唉，不就那样嘛！以前房东留下来的葡萄藤都蔫了，我们也不知道该怎么办，花草也侍弄不活；每周末开车回去一趟，房子都是空置着的，风吹雨淋，玻璃都花了，看出去雾蒙蒙的一片。原本想让孩子在远离喧嚣的大自然里成长，结果周围的孩子都和她玩不到一块儿去，女儿还是爱她的游戏和漫画，并不觉得这样自在的生活有多开心，反而成天嚷嚷着没有Wi-Fi。"

"我是不是选错了呢？"他挠着头问我们。

现在想想，其实生活本身并没有错，只是我们常常把某一种生活想象得太美好了。

年少时，总觉得好的生活就在不远处，只要勇敢地披荆斩棘，越过重重关山就能到达。不想学习时，父母会劝我们说："考上大学就好了。"而等真正上了大学，很多人开始迷茫："难道这就是我苦读多年所追求的生活吗？"原来金榜题名只是帮我们"过滤"了一小批人，生活还是得继续战斗。

是啊，倘若你执意要收获乡村盛景，且不谈内心是否丰盈，还必须有一双拿锄头的手和一双常下田的脚。这就是你为自己想要的生活付出的代价。

别神化任何一种生活，将它想象得独一无二。只要你能对自己的生活负责，它就是好的生活。

有一阵子，我听说江西婺源的油菜花开了，立马拽着朋友千里迢迢地去了油菜花田，结果我们被蚊虫叮得满身是包，一路上奇痒难忍。而且油菜花真的没有想象中那么好看，我们到的时候，它们不知道是怎么了，打蔫儿着、垂头丧气着，好似在故意气我们："你们倒是想得美，好吧，我偏偏要丑给你们看！"

可是那一天我们真的挺开心的。到达了曾经想到的远方，即使它没有想象中好，我们也心生欢喜，这欢喜不是为了别人，而是为了自己。欢喜的是自己具有说走就走的勇气，欢喜的是一路上识人无数，欢喜的是我终于可以大声地反驳别人："那个地方根本没有这么好！"

小时候，我读过一篇童话：一只小青蛙看见远处的洼地闪闪发光，于是历经千难万险到达彼岸，却发现那只是霞光为臭水沟披上的"金衣"。

因为遥远，所以"另一种生活"总是闪着光，而我不想要摘遥远的星星，只想要尘世的幸福。

（图/木木）

因为“穷”，才要活得更丰盛

□闫晓雨

我有很多辆跑车，但我最喜欢的是那辆墨绿色的豪华敞篷跑车。

“嗨，姑娘，到家了。”

耳边亲切的话语打断幻想，我笑笑，熟练地划开背后包的反转夹层，不多不少，捏出五枚硬币，递给了老伯。

是的，这就是我最钟爱的跑车。它总是风雨无阻，以守护者的忠诚姿态停在地铁口，为我们这些住在五环城乡接合部的劳苦大众提供温暖服务。该跑车有一个好听的名字，叫“小蹦蹦”，也就是短途人力三轮车。

我最喜欢那辆墨绿色跑车的所有者，一位来自北方戈壁却心怀南方沙砾般细腻的中年男子。每次坐在老伯的车上，我都有种说不出的亲切感。

外地人在北京生存太困难了。有时候，连我这种年轻人也会望而生畏，何况是老伯，拖家带口还没有五险一金。

老伯有个儿子，七八岁的模样，很可爱。去年冬天他和老伯一起迎着冷风晓月出车，脸蛋活生生被冻出了高原红。

“家里人都得出去务工，没人照料他，只好带着他一起来拉活儿。”

“他，不上学吗？”

“户口限制，上不了。再说就算有机会也得先把学费赚够，我啊，得再接再厉！”

某天照常踏上我的豪华跑车，竟意外发现那扇小小的窗户上贴了张 A4 纸，上面有大大的三个字“感谢信”，下面还附有小男孩举着奖状的一张照片。原来在很多乘客的捐款和热心联络下，老伯的儿子终于上学了，孩子的事情一朝落地，大人的心就褶皱全无。

前几日我冒冒失失地坐老伯的车去附近的朋友家，结果钱没带够，傻了眼。

老伯倒大方得很，善意地挥挥手，示意不要了。

“那怎么行，您也不容易啊。”

“有啥不容易的！穷归穷，做人还是要开心嘛。载你我开心，要有需要我待会儿再送你回去？”

我不好意思地回头笑笑，道了声谢，继续前行，心里某盏油灯倏忽之间就被燃亮。

富有是一种聚合，贫穷是一种发散。没有钱买偶像的演唱会门票，不如去 798 看许多免费画展。没有钱给女朋友奉上闪亮钻戒，不如捧着月色写封小小情书。没有钱为爸爸妈妈买房看病表孝心，那就抽个节假日，买张硬座荡回去，三两青禾酒，双筷蘸籽油，陪他们吃顿简单的家常饭。

年轻人呀，不要永远只有埋怨的勇气，而忽略觉醒的能力。

如果你不想一直穷下去，那么请你，先把自己丰盛起来，说不准泡面也能吃出鲍鱼熊掌的味道。

（图 / 吴敏）

摘掉棉花顶芯

□陈云鹤

明朝时，有个小男孩跟着父亲从上海城里回到乡下。小男孩的父亲原是一个儒商，因为做生意赔光了钱，只能回乡下种地为生。

上海一带盛产棉花，父亲当然也种植着，不过当时的棉花秧很高，产量却很低。父亲为此忧虑的同时，儿子也让他喜忧参半。儿子年龄虽小，但读书非常勤奋，每天很早起床读课文，读一阵之后再去私塾，晚上回来后又读书到深夜。为此，父亲经常劝导儿子说："读书不能太过勤奋，否则很容易熬坏身体，那样反而有害！"

每次，小男孩都笑着说："我身体好，再勤奋也不会累！"有一天，小男孩因为长期睡眠不足病倒了，大夫给他开了药方后叮嘱道："你爹说得对，读书太过勤奋就是伤害身体，身体不好又怎能读好书呢？"

当天夜里，小男孩很早就上床了，他听到父亲和母亲正在谈论棉花产量的事，棉花秧长得很高，可产量很低，他们怎么也想不明白这是怎么回事。小男孩开始琢磨起来，突然，他大声地对着父亲喊："父亲，我有办法让棉花增产！"父亲呵呵一笑，也没当回事。

第二天一早，小男孩的精神恢复了，他起床后跑到棉花田里，把每一棵棉花秧的顶芯都摘下来，之后才跑到私塾去上课。傍晚，小男孩回到家，看见父母一边抹眼泪一边咒骂，不知哪个天杀的把自家棉花的顶芯摘掉了……

小男孩笑着说："父亲，是我摘掉的，我说过能让棉花增产。"

父亲一听，气得拿起小棍子打他屁股，可是小男孩认真地说："父亲，你听我说完，种棉花就像我读书，适当的时候就要停下休息，多余的勤奋反而会伤害身体。棉花也是一样，长到一定高度就可以把顶芯摘掉了，否则顶芯会不断和棉铃抢夺营养，导致棉铃长不大。"

父亲细细一想，感觉有些道理，暂时"放过"了他。很快就到了棉花采摘的季节，没想到真如小男孩所说，他家的棉铃比往年要大很多，产量增加了一倍！从此，给棉花摘顶芯的做法很快被乡亲们效仿，成为棉花种植不可缺少的一环。

这个小男孩，就是后来著名的农学家和天文学家徐光启。直到现在，他的《农政全书》《甘薯疏》《农遗杂疏》《农书草稿》等著作，依旧是农业生产的重要参考书。

（图/孙小片）

人生的抉择

□叶　新

哲学家周国平先生讲过这样一个故事。

一个农民从洪水中救起了他的妻子，他的孩子却被淹死了。事后，人们议论纷纷。有人说他做得对，因为孩子可以再生一个，妻子却不能死而复生。有人说他做错了，因为妻子可以另娶一个，孩子却没法儿死而复生。

周国平听说了这个故事，也感到疑惑难决，就去问农民。农民告诉他，他救人时什么也没去想。洪水袭来时，妻子在他身边，他抓起妻子就往山坡游。待返回时，孩子已被洪水冲走了。

读到这个故事时，我被这个农民打动了很久，从内心深处佩服这个农民。这个农民如果进行一番抉择的话，结果会是怎样呢？洪水袭来，妻子和孩子被卷进漩涡，片刻之间就要没了性命。而这个农民还在山坡上进行抉择，救妻子重要呢，还是救孩子重要？

我想，也许等不到农民继续往下想救妻子和救孩子的利弊，洪水就把他的妻儿都冲走了。人生中，许多时候，我们并没有机会和时间进行抉择。有人总喜欢在做一件事情前再三权衡利弊，犹犹豫豫，举棋不定。结果，待到想好了去做的时候，早已时过境迁，没有了机会。把手头的机会抓住，这是至关重要的。最靠近你的机会，就是最重要的和最迫切的。把手头的机会抓住了，就等于把一切机会抓住了。因为，过去的机会已不复存在，而未来的机会是要一步一步才逼近你身边的。机会到来之前，你纵然绞尽脑汁，也是徒劳枉然。

人生的抉择是最困难的，也是最简单的。困难在于你总是把抉择当作抉择。简单在于你不必考虑抉择问题，只需去做。人生的抉择，一直困扰着无数文化人。可笑的是，这个没文化的农民，可以做我们这些文化人的导师。

（图/木木）

远离家人控制的人生

□安　宁

年少的时候，母亲最擅长给我和姐姐灌输的道德故事是，东村的某个女人，出嫁后油盐都舍不得吃，一心一意地省钱，只为给两个弟弟各盖一栋大瓦房，那女人也果真实现了这样的理想，并成为八九十年代小镇上的传奇人物。每次听到这样的故事，我都会想，这些被父辈当成榜样赞颂的女人，她们自己的人生是否幸福？难道，她们对被父母支配的人生，真的从未有过怨言？

多年后，一个朋友重复了这个故事。研究生毕业后，她丢下在海边城市有稳定工作的男友，回到故乡。深爱她的男友不得不寻她而来，在陌生的城市重新找工作。那是她人生中最艰难的时刻，在一个事业单位整整等了两年，才转为正式编制。她的男友则没这么幸运，一直无业，并因他们意外到来的孩子，在家当了三年奶爸。尽管一家三口只靠她一个人的工资生活，她还在困窘中操持着两个弟弟的婚事，并一次次地求人为他们寻找工作。我问她：“为什么一定要回去？”她叹息道：“做姐姐的，哪有权利支配自己的人生？”

当身边没有兄弟姐妹的同龄人，在任性地辞职创业，或者四处旅行时，不少像我这样出生在多子女家庭的孩子，在父母的压力下，蜗牛般负重地活着。我们的生命不独属于自己，还属于整个家族。我刚出生就已被父母安排好了未来的路途，母亲常常提醒我和姐姐，要在弟弟结婚时，一个负责出钱，一个负责出力。

兄弟姐妹本是同一个枝干上坠落到人间的果实，却因为父母的捆绑式安排，而在彼此的心里植下了叛逆的种子。即便知晓这样的帮助是出于血缘，是外人眼里的相亲相爱，可如果这种相爱建立在牺牲彼此幸福，甚至完全不顾及个人生活的基础上，那么，从一个原点出发的兄弟姐妹，也一定会在未来的某一刻，因为某种现实的利益，陷入互相指责的悲伤。

有一天，我发现我和弟弟再也不能像年少时那样单纯地相处，我们无法跨越现实的泥淖。我没有那么大的能力，像父母期待的那样，源源不断地供给他物质需求。每次通电话，我都不想和父母提及弟弟，因为每提及一次，就会让父母多抱怨我一分，似乎他在这个社会上的种种不如意，他找不到好的工作，找不到女朋友，都与我息息相关。而当博士毕业后，一意孤行，跑至离家千里的城市工作，在父母和亲戚的眼中，也成了我对家族责任的刻意逃避。

授之以鱼不如授之以渔，人生最终是自助，人人都要学会独立成长。将某个孩子的命运，强加在另一个身上，最终收获的很可能不是亲密无间的亲情，而是亲人间相互指责、彼此埋怨的苦涩。

（图／月儿）

“三十而立”，到底立啥

□乔　迈

孔子曰：“三十而立。”三十岁是而立之年。很多人将“三十而立”理解为三十岁时应该有所立的事业，即立业。其实这种解释并不符合孔的本意。

东汉班固把“三十而立”理解为立学，他在《汉书·艺文志》中云：“三十而五经立也。”也就是说，三十岁时就学通了五经。南朝梁皇侃在《论语义疏》中也是这样认为的。这种解释虽然可信，但“经业成立”更多指的是成，跟立的关系不是很大。而且“三年明一经，三十通五经”是古代学者普遍的一种状态，无法就此来解释孔子独特的思想。

南宋朱熹认为“三十而立”指的是立道。他借用程颐的观点，解“立”为“能自立于斯道也”，并认为“三十而立，有以自立，则守之固而无所事志矣”。也就是说，三十岁的时候，对人生的道理了解得比较多了，能够做什么事情都符合道，这样就比较容易实现志向。这种解释虽接近孔子的本意，但道的含义很广泛，用立道来理解“三十而立”显得太过笼统。

后人很多认为“三十而立”指的是立礼。比如冯友兰就认为：“孔子说：‘立于礼。’‘不知礼，无以立也。’所以孔子说他‘三十而立’，是指他这个时候懂得了礼，言行都很得当。”强调三十岁时，要确立自己为人处世、对待生活的态度和原则。杨伯峻在《论语译注》中也认为“三十而立”立的是礼。他对“三十而立”的解释是：“三十岁，懂礼仪，说话做事都有把握。”

笔者认为，“三十而立”的真正含义是立德。班固说“用日少而畜德多，三十而五经立也”，强调蓄德；朱熹所立之道更多指的也是德；冯友兰所讲的礼是为人处世的态度和原则，实际上也是在强调德。所以，不管立学、立道，还是立礼，都有立德的含义。

（图/兜子）

等一场大雨

□王言月

刚上大学那年的夏天，北京的第一场暴雨下在六月的一个夜晚。我当时在宿舍，突然听到几声低低的闷雷，很快，磅礴的雨便倾盆而下。我兴奋地跑到阳台上，虽然外面漆黑一片，什么也看不见，但我依旧虔诚地站立着、静默着，听雨水窸窸窣窣，落在树梢、落在墙头、落在地上。

在雨中，我想起了刘半农一首名叫《听雨》的诗："我来北地已半年/今日初听一宵雨/若移此雨在江南/故园新笋添几许。"不论位于哪个时空，对来自南方的异乡人而言，在北国听一场夏天的雨，大概算是一种特殊的思乡仪式了吧。我伸出手，触摸着冰凉的雨丝，内心被雨水填满，满溢着难以言说的感动与满足。

电影《无问西东》中，我曾被一个片段深深地打动：云南的雨季，西南联大的学子们正在简陋的茅草屋里上课。雨声渐起，淋漓地泼洒在铁皮屋顶上，发出硕大的、此起彼伏的声响，逐渐盖过了讲台上教授的声音。无奈的教授干脆转身，在布满公式的黑板上寻得一条缝隙，写下"静坐听雨"四个字。师生们正襟危坐，在动荡乱世下、在瓢泼大雨中，心平气和地听一场雨。

人生路上，并不总是春和景明、波澜不惊的，难免要碰上几场猝不及防的大雨。我时常想，当大雨来临，下得人心焦、打得人狼狈，有多少人能保持内心的平静，像西南联大的师生们一样，拥有"静坐听雨"的柔韧与坚定？

记得去年夏日的一个夜晚，我上完昏天暗地的班，发现外面正在下雨，而我忘了带伞，意识到自己短期内无法离开后，我反而心无旁骛地开始听雨。

夏日的一场暴雨，犹如一个恰如其分的暂停键，给了都市人一个停下来的契机，去听一听那来自大自然的、干净、纯粹的雨声，哪怕只有片刻，也能让漫漫旅途不再难挨。

我一直觉得，"雨"字蕴含着某种深深的禅意，包罗着人生的千百种况味。

年纪不同、遭逢有别、处境各异，每个人在雨中听出来的味道也是不一样的。久旱逢甘霖，听到的是春雨贵如油的欣喜；羁旅他乡客，雨声中夹杂着的，是绵绵的思念与愁绪；半生零落时，听细雨打梧桐，一叶叶，一声声，摧心折骨，会使人肝肠寸断。

雨一直下。下在少年听雨的歌楼上，下在壮年听雨的客舟中，下在暮年听雨的僧庐下，纷纷扬扬，经久不息。想来人生就像是在雨季中跋涉吧，纵使身在雨中，也应该有一份自在自得的心境。就像我最爱的词人苏东坡一样，在沙湖道中遇雨，尽管只有一支竹杖、一双草鞋、一身蓑衣，依然无惧穿林打叶声，吟啸放歌，从容前行。

长夏漫漫，人生海海，别忘了听听下雨的声音。

（图/豆薇）

开舱手冯毅

□邱晨辉　张　梦

“嘭”的一声巨响，一团黄色火光从神舟十二号载人飞船返回舱底部喷出，缓冲发动机点火成功，返回舱稳稳降落在东风着陆场。

2021年9月17日，在太空出差3个月的神舟十二号航天员聂海胜、刘伯明、汤洪波终于回到地球家园。还未等搜救的直升机停稳，一个身着橘色搜救服的搜救队员背起30公斤的装具，往返回舱方向直奔，他就是新的开舱手冯毅。他也是神舟十二号航天员太空归来看到的第一个地球人。

观察舱门，按下平压气阀，用安全带固定舱门，准备工作完成后，冯毅第一时间和舱内的航天员对话：“你们好，要开舱了，请注意一下！”“好的！”航天员的话音落下，冯毅就握着开舱手柄以逆时针方向140度开舱。

随着舱门缓缓推开，3名航天员终于又呼吸到了地球的空气，第一眼就看到了等在舱门口的冯毅。这是冯毅第一次开舱。为了这一天，他等了4年。

什么是开舱手？顾名思义，开舱手就是飞船着陆后第一个上前把飞船舱门打开的人。

“不过，不能说开舱只是开门。”在航天搜救领域，开舱绝对是个技术活儿，不仅要求全面掌握开舱技术，还要有强大的心理素质。返回舱在返回地球的过程中，与大气发生摩擦，外壳产生高温，导致舱内气压和舱外气压不平衡。开舱时，要用特殊工具精准地插入锁孔，通过减压阀平衡舱内外气压。如果泄压太快，航天员的身体一下子适应不了；泄压太慢，会耽误航天员出舱时间。对开舱手而言，技术能力和心理素质缺一不可。

这项工作在神舟十二号任务之前，一直由李涛负责，他曾完成11次神舟飞船返回舱开舱任务，被称为“神舟开舱第一人”。

就在半个月前，冯毅得知自己将担任神舟十二号返回任务的飞船开舱手，“这个岗位是我之前一直羡慕却不敢想的，没想到今天我真的站在了这里，非常激动”。

为了适应岗位需要，冯毅经历了陆上、水上、空中搜救训练。无论炎炎夏日，还是大雪纷飞，不管白天，还是黑夜，训练场上总能看见他的身影。除了体能、理论等基础训练，冯毅还要进行无人机操作、直升机索降及抗眩晕训练等30多个课目训练，全面锤炼各项搜救技能。

为了探讨开舱门技巧，他和队员们从舱门构造、平衡舱压等方面入手，反复琢磨，针对高温、低温、晴天、雨天、水中、陆地等不同环境反复练习，“经常一个动作一天练习上千次，开舱手柄都练坏了四五把”。

冯毅说：“接航天员回家责任重大，既然组织信任我，我就必须完成好，不能有一丝闪失。”

（图/李倩莹）

苦尽甘来

□梵七七

在我的印象里，苦味，就像对生活的一种提炼。小时候很爱闻胡庆余堂抽屉里的药香，感觉和路过咖啡馆一样令人心旷神怡，可熬的中药是最讨厌喝的。同样，盐撒多了苦，肉烤煳了苦，所有过犹不及的贪心，都会让我们尝到苦头。

因而，苦味总是被嫌弃，被当作必须处理掉的味道。有时候人们会用开水氽烫的方法，来去除蔬菜中的苦味，效果却不大明显。父母们总劝说，苦瓜营养好，清火、去毒，却没有几个小孩甘愿乖乖吃下，无论清炒还是烧汤，苦瓜的苦，像一条毒蛇，紧紧缠绕在舌根，皱着眉头强迫自己咽下去，喉头颤抖，反胃不已。

另一种苦涩的记忆是莲子。打开小小的莲房，剥开嫩嫩的莲衣，里面是香甜多汁的白色种子，还带着莲花的清香，这是我在仲夏时节最爱的美味。有一年，带一个欧洲沙发客游西湖，他在街上买了个莲蓬，竟不知道去皮，囫囵嚼了，拧着眉毛说："苦！涩！甜！"引得围观者大笑不止。等莲子长大、晒干，白色的果肉变得粉糯，中间的绿芽变老极苦。烧莲子粥，就得使用处理过的空心莲子。被去掉的"莲心"，又会出现在中药铺，做一味清火的药材。中医说苦味入心，心急易怒的人多吃点苦莲心，便得身心清净。

其实各种各样的茶，多半也是苦的。譬如家乡特产苦丁茶，最大的那一株茶树王，据说有三百岁了，不知浓缩了多少天地精华，用它的叶子来制茶、泡茶，苦不堪言。第一次喝难以下咽，含着漱着，两颊试探着涌出唾液，在唾液的包裹下，苦涩渐渐变成一丝丝甘甜。

在炎热的南方，略带苦味的凉茶凉粉，是夏天常见的解暑饮料。比如漳州烧仙草和顺德龟苓膏，看起来都是黑漆漆的，材料却并不相同。按传统制法，前者是用草木灰和仙草干，揉搓煮制成汁，加入淀粉类冷却凝固；而后者是龟壳板和土茯苓熬成的胶冻。它们唯一的共同点是苦，所以常常切块后搭配水果、罐头、蜂蜜、坚果仁，做成糖水小吃。

说来也奇怪，苦味稀释后，有种飘飘欲仙的清爽香气，真让人想起月下瑶台。广东朋友戏说，上古时期，龟板是巫者占卜通天的圣物，因此龟苓膏也被视作延年益寿的补药。照这样说来，蓍草占卜的年代更为久远，难怪要叫它烧"仙"草。

在梁上悬吊一枚猪苦胆，沦为人质的勾践，为了保持警觉，每天去舔一舔，十年后成就复仇霸业。最近五年，我就像那卧薪尝胆的勾践，独坐陋室，寂寞地写书。新书出版那天，全家举杯欢庆，很少喝酒的我，破例痛饮一杯。当苦涩的泡沫充满舌尖，别有一番快意在心头。征服苦味的成就感，或许还促使我们对苦味上瘾，也促使我们不断远征。

（图 / 张翀）

告别“伪勤奋”

□洞见 hongzhuang

前几天跟一个学长交流，他给我讲了一个故事。

毕业那年，他和一个同学一起进入了同一家公司实习。为了给老板留下好印象，他每天第一个到公司，最后一个离开。而他的那位同学，每天掐着点来，又掐着点走。两个月后，公司考核转正，他本来以为自己稳了。结果，他没能转正，而他的同学却成功留在了那家公司。

他很气愤，发了一条朋友圈吐槽：“60天的勤奋努力，不过是个笑话！”

所在部门的领导看到后，发给他两份业务报告，一份是他的，一份是那位同学的。

他的那份报告，密密麻麻几千字，内容却中规中矩。与之相比，另一份报告，虽然只有千余字，但是逻辑清晰，重点突出，让人一目了然。最重要的是，在战略分析那栏，他只草草提了一句，而他的同学却浓墨重彩、深入浅出地指出了公司的优势和劣势以及市场中潜藏的机会与风险。

原来，在他为琐事忙到脚不沾地的时候，他的同学已经把策略层面的问题研究透彻了。

豆瓣上，有个叫“杀死伪勤奋”的小组，里面有这样一句特别扎心的话：

“机械式努力的背后，不过是一种肌肉的习惯性运动。这看起来是勤奋，其实是脑子的偷懒。”

人与人之间最大的差距，不是努力的程度，而是思维的深度。

没有深度思考，所有勤奋都是白搭。

就像我的那位学长，他被自己表面的努力麻痹，将勤奋肤浅地理解为“每天工作到12点以后”，而忽略了思维的精进。

直到最后才发现，自己不过是在用战术上的勤奋，掩盖战略上的懒惰。

作家李尚龙曾在新东方当老师。

在那里工作的最后一年，他向排课的领导提出了一个要求：周末晚上不上课。

有同事劝他：“这样你一个月少赚四五千块呢！”他咬了咬牙，但还是说：“别排了吧。”

之后，每个周末的晚上，在其他同事匆匆忙忙赶去公司上课挣钱的时候，他却待在家里读书、看电影、写读书笔记，思考自己的价值和人生方向。

结果现在，教培行业没落，他的同事们，要么无奈失了业，要么被迫转了行。而他，已经成了一名畅销书作家，年入百万。

李尚龙没有和他的同事一样，日日在工作的旋涡里打转儿，一味穷忙。

相反，他把自己从忙碌的生活中剥离出来，给自己留下思考的时间，不断找寻新的人生路。

人，唯有在忙碌的生活中给自己留下思考的空间，才能静听灵魂深处的声音，找到人生最有价值的路径。

（图／张翀）

不要轻易给别人贴标签

□王国梁

单位新来的员工小刘，是个三十来岁的女人，平时打扮得特别朴实，一点不像同龄人那样赶时髦。

有一次，单位开完大会，小刘负责收拾会场。她把开会剩下的水果、矿泉水都塞进自己的包里，甚至把没有用完的面巾纸也塞了进去。小刘拾了鼓鼓囊囊一大包，准备带回家。她走的时候瞥见我在看她，不好意思地冲我笑笑。虽然我知道这些东西留着也没人要，但还是对她产生了鄙夷的心理。我给她贴了标签：这是一个爱占小便宜的女人。

小刘在单位很不起眼，总是不声不响地做事，大家很少注意到她。路上遇到了，她每次都是笑眯眯地打个招呼，从来不多说一句话。她跟我打招呼的时候，我总是"哼"一声敷衍而过。

没过多久单位组织聚餐。饭后餐桌上还剩了不少，我忽然想起爱占小便宜的小刘，于是说："小刘，你把这些剩饭剩菜打包回家吧。"我自己都感觉口气中有明显的"来吃嗟来之食"的鄙视，不过小刘并不在意，反而乐呵呵地说："好啊，剩得还不少呢，正好带回家给孩子们吃！"说着，她把餐桌收拾得一干二净，只剩下白花花的盘子。

小刘的标签，在我心里更加鲜明：吝啬过头，爱贪便宜，不在乎尊严面子。

不久，单位的一位女同事跟我聊天，无意间谈起小刘。她突然说："小刘是个了不起的女人，很让人佩服！"我吃了一惊，赶忙问小刘的情况。女同事告诉我，小刘一个人挑起了家庭重担，一家五口全指望她一个人养着。老公出过车祸，生活勉强自理，无法工作挣钱。婆婆只能做做家务活，家里有个6岁的儿子，还有个8岁的小侄女，都需要她养着。小侄女是她哥哥的孩子，她哥哥生病去世了，嫂子丢下孩子改嫁，她便把小侄女当亲生女儿养起来。她还利用周末做钟点工，晚上加班做手工活。别看她长得娇小，能量可大了……"

同事的话还没说完，我的脸便发起烧来——为我之前给小刘贴那样的标签。万万没想到，朴实的小刘原来有这样的经历，过着这样的生活。很多时候，我们看到的只是别人的一个侧面，便轻易给人下结论。我们常犯的错误是以偏概全，用片面的印象给别人贴标签。我们评价别人的时候，往往从自己的理解角度出发，这是错误的。人与人的境遇不同，我们也无法完全了解一个人，就像小说《杀死一只知更鸟》中说的："除非你穿上一个人的鞋子，像他那样走来走去，否则你永远无法真正了解一个人。"

不要轻易给别人贴标签。这既是对别人的尊重，也是对自己的尊重。

（图/小粒团）

我们都是对比下长大的孩子

□木子囍

放假回家的时候，跟着家里人和街坊邻居去吃夜宵。邻居阿姨笑眯眯地看着我说：“要是妹妹也像你一样会读书就好了，我现在就天天在家告诉妹妹向你学习，不要天天想着出去玩，要多在家里学习。以后也考个大学就好。”

我乖巧地对阿姨笑了笑，没有说话。她家的孩子我认识，一个学习挺认真的女孩，今年还考上了市重点高中。好像每一个孩子都逃不过被对比的命运，成长的每一步有一点偏差就需要用更加完美的人来校正，大人会按着你一步步靠近别人。

我想起上小学的时候，我的成绩非常一般。有一次好不容易借到了同学的《阿衰全集》，于是晚上我偷偷摸摸地打着手电躲在被子里翻阅。或许是翻书的声响，或许是被戳中了笑点发出了声音，最终被爸爸发现了。爸爸啪的一声把房间的灯打开，掀开被子，生气地瞪着我。爸爸气急败坏地撕坏了前两页，并且丢下一句：“你表姐在被子里打手电看的都是语文书，你看看你看的是什么。”

表姐，我对她再了解不过。从小爸妈就是拿她来教育我，因为她是所有大人眼里的好学生，年年都获得三好学生的奖状，成绩也是班级前几名。而我从小学开始就不断地被拿来和她作比较，可是这一切在我初中毕业后发生了巨大的改变。那一年，表姐高考落榜了，而我考上了省重点高中，比表姐读的高中更好。

据大人说，她是因为早恋导致的成绩下滑。于是大人的言语发生了巨大的改变，表姐不再是优秀的代表，而是变成了警示我要认真学习的反例。我突然变成了大人口中的别人家的孩子，变成了大人口中的一匹黑马。我以前不爱出去玩宅家的缺点也被邻居们传成了在家勤奋地学习，可是我明明记得以前他们说的都是：“这孩子太内向了，不爱动，懒。”

我有一个双胞胎妹妹。妹妹从小成绩就比我的好。省重点高中高手如云，有一次妹妹考了班级第四，而我考了班级倒数第四。于是我经常要接受一些其他人的定论：我比妹妹蠢，比妹妹懒，没有妹妹努力。我多么想告诉他们我也不想这样，还好，我亲爱的爸爸妈妈从来不这样想，他们没有区别对待，经常鼓励我。妹妹也没有看低我，而是一直帮助我。我一直庆幸家人相信我，而我也没有放弃自己。

如果我们能把“什么都不能跟人家比，谁跟你一样没有用啊”改成“不用什么都跟人家比，没有谁能像你一样啊”，如果我们可以把“玩具你不是拼好几遍？笨的呀”改成“你不笨，是这玩具得拼好几遍”，可能我们在成长道路上会多一份自信，多一份温暖吧。

每个人都是独一无二的。不管怎样，做好自己，我们就是长大了。

（图/木木）

“充电宝”那样的人

□倪西赟

公司销售部要招聘一位业务员。这个职位，基本工资不高，压力特别大。我面试了很多求职者，有能力的，嫌钱少，不愿意做；没有能力的，我不想要。最后，一个条件不错的女孩愿意留下来试试，但我不确定她到底能不能做下去。

一个月后，这个女孩满面笑容地拿着部门经理签过名的“转正申请”来找我。我问她：“这份工作钱少压力大，是什么促使你愿意留下来？”她说：“这里的工作氛围很好，部门同事都乐于协助我，也经常鼓励我；我有点错，同事也包容我；部门经理一有空就带我见客户，学习业务。我就像一块‘充电宝’，每天都被充得满满的。虽然辛苦一点，但总觉得自己有使不完的劲，还能学到很多东西，这是我在其他公司时没有的状态。”我笑着说：“你身边有那么多‘充电宝’给你充电，真好，要珍惜！”

最近，一位朋友打电话告诉我，有“猎头”想挖他去另外一家公司，福利待遇远比现在的公司好。我说：“有更好的机会可以去尝试，但是他们为什么要挖你去，那个公司的人怎么样，这些你都要搞清楚。”不久，朋友告诉我，他决定不去了。我问他为什么，他说，他利用年假到那家公司实地考察，发现那家公司的硬件极好，但是员工之间抱怨、嫉妒、冷淡、麻木，那些人在公司里就像手机里的“耗电软件”，让人困于内耗。

一位员工把自己的同事比喻成“充电宝”，一位朋友把对方的员工比喻成“耗电软件”。选择工作时，薪酬是很多人都会看重的，其实，从长远看，和什么样的人一起工作，也应该是职场上做出选择时的一个重要考量。

如果你一看到别的公司待遇福利比自家的好，就盲目跳槽，跳槽之后，才发现新公司里负能量多多，像“耗电软件”，很可能会不知不觉消耗你的能量，磨光你的棱角，最后让你失去工作的动力。久而久之，你也会变成一个“耗电软件”，免不了被淘汰，后悔晚矣。

职场上，大家都喜欢身边的同事像“充电宝”一样，每天上班，快乐地和你打招呼；遇到困难，乐意帮你分担；为了达成目标，不计较个人得失，大家一起加班努力。每天和充满热情活力、积极乐观、正直善良、志同道合的人在一起，会干劲满满。

让我们远离那些像“耗电软件”的人，多接触像“充电宝”一样的人，并让自己也成为一个正能量满满的“充电宝”，在需要的时候，为别人充电，为自己续航！

（图／张翀）

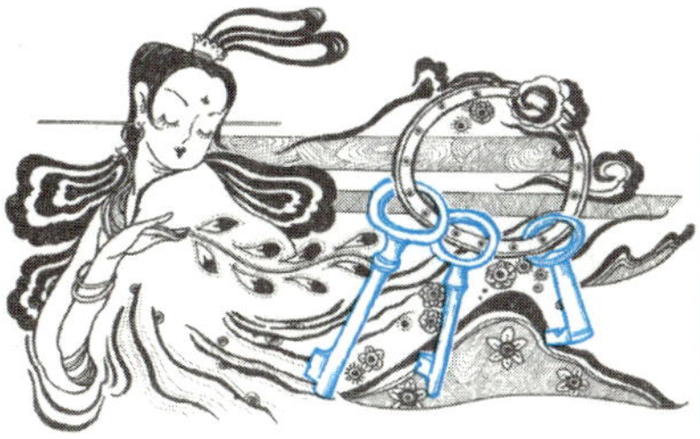

人生有三把钥匙：接受，改变，放下

□李思圆

人生有三把钥匙：接受，改变，放下。如果学会这三点，我们将会快乐很多。

第一把钥匙：接受

哲学家托马斯·卡莱尔在40岁那年终于完成了第一本书，他迫不及待地将书稿交给自己的好友穆勒看。穆勒花了整整四天，将全书仔细而完整地阅读了一遍。当他读完最后一页，将书稿放在椅子上，走出书房，来到花坛，思考该如何用自己的影响力，使得这本伟大的著作尽快引起外界的关注。

当穆勒离开书房后，一阵风吹来，将椅子上的书稿吹落了一地。前来送甜点的女佣看到后，以为是被主人丢弃的废纸，便将它们捡拾干净，并顺手将它们投进了火炉。当穆勒来到卡莱尔家中，将这个难以启齿的坏消息告诉卡莱尔后，卡莱尔一下子惊住了。最终，从震惊中清醒过来的卡莱尔对愧疚难当的好友说道：“好了，我的朋友，你不必那么痛苦。我决定从现在起，重写这本书。”

世上总有太多不够圆满的事。既然已经发生，且难以改变，就学着平和地去面对和接受。如果去强求，最终为难的是自己。如果去纠结，最终伤害的也是自己。

第二把钥匙：改变

我们在生活中常常听到这些抱怨：工作难做，生活难过，钱也难挣……其实，成年人的世界里，没有“容易”二字。与其去发无意义的牢骚，做无意义的消耗，不如学着去做积极的应对和改变。遇到问题只是一味地抱怨不改变，就不会有任何好转。只有多吃苦，多受累，拥有多种本事傍身，才能有更多的选择和余地。

人生从来没有所谓的穷途末路，不过是你没有竭尽全力，才以为前方无路。当拼尽全力去努力时，终会找到出路。

第三把钥匙：放下

一位小伙子到山上去请教禅师，说：“我放不下一些人，也放不下一些事。”禅师说：“世上没有什么东西是放不下的。”小伙子说：“可我偏偏放不下。”于是，禅师递给他一个茶杯，然后往里面倒热水，水满溢出，小伙子被烫到，马上松开。禅师说：“世上没什么放不下，痛了，自然就放下了。”

或许每个人在一生当中都会遇到一些让自己无法释怀、无法放下的事。但越计较，越心如刀绞；越铭记，越痛不欲生。只有放下对他人的怨念，才能解开自己的心结；只有放下对他人的怨恨，才能减轻和消除对自己的折磨。

有一句话说：“物随心转，境由心造，烦恼皆由心生。”当接受必须接受的，就没有翻不过的山；当改变可以改变的，就没有过不了的关；当放下应该放下的，就没有解不开的结。

往后余生，愿你相信：一切都能放下和释怀，一切都是最好的安排。

（图/麦小片）

“有意思”和“有意义”的生活

□陈鲁豫

我发现一个真理，别人说好吃的东西十有八九不好吃，比如某鱼头泡饼、某蛋糕、某糖油饼，我一一认真“拔草”，然后拼命地翻白眼。还有，别人说好看的电影，我买票认真看了四十分钟，余下的时间如坐针毡。可是，我说好吃的东西一定好吃，我认为好看的电影一定好看，这不说明我比别人牛，只说明我的感受无可替代——对我而言。偏偏，我常常忽略自己的感受。

有一天，我把脚崴了，这纯属没事找事，活该。因为那天北京下暴雨，我本来可以名正言顺、心安理得地宅在家中哪儿也不去，可是，我内心居然隐隐地内疚着。不去看电影、爬山、购物，不做有意思、有意义的事，却窝在家里懒洋洋地闲着，这怎么可以？一天没有走路了，怎么可以？

内疚感爆棚的时候正是中午，雨停了，窗外干净、清凉。我犹豫了一下，毅然换上球鞋、运动服，到院子里跑步。突然，一只白猫从我面前蹿过，我左脚一滑，重重地崴了一下，几乎跌倒。

我慢慢活动左脚脚腕，确认没啥大事，居然没事人似的继续跑步。原因嘛，我好不容易换衣服下楼，这也是耗费工夫的，不跑对不起自己。最后我竟然跑得大汗淋漓，觉得这样的生活才有意义。

到了晚上，左脚开始使不上劲。这件事再次说明，运动可能真的不适合我。至少，当我不想动、就想无所事事的时候，应该允许自己坦然地傻待在家里，没有意思、没有意义又怎样？

当年上语文课，我最抗拒的是总结段落大意与文章中心思想。我怎么能主观、片面地确定作者想表达的意思呢？而且我写的答案只是我的感受，别人凭什么决定那是对或者不对的呢？这类思考贯穿了我的整个学生时代。

还好，我碰到了伟大的语文老师。他告诉我们，真正禁得起时间考验的文字，都是因为描写了恒久不变的人性。这句话，我永远记得。什么是恒久不变的人性？比如在不伤害他人的情况下在意自己的感受，比如无伤大雅地趋利避害，比如同情弱者、感同身受，当然还有爱。

然而，意气风发的话说说容易，做起来却难。就比如“有意思”和“有意义”的生活，我应该过哪一种？怎样的生活状态才是“对”的呢？每天积极阳光，活力无限地微笑、奔跑、工作，从事各种体育、社会、文娱活动？

可这样的生活，不是我要的。我只想按我的状态，过我的日子，哪怕这是所谓的“无状态”。就像三毛在《这种家庭生活》的结尾写的：“我不愿去想它，明天醒来会在自己软软的床上，可以吃生力面，可以不做蛋糕，可以不再微笑，也可以尽情大笑，我没有什么要来深究的理由了。”

（图/李倩莹）

这届年轻人，不会只打一份工

□上流工作室

大部分现代人已经不满足于“专一职业”的生活方式。因为单一的身份，已经不足以定义“我”。斜杠探索自我的外延，正在成为这届年轻人对抗生活的最佳回应。早在2019年发布的一份《两栖青年金融需求调查研究》中就指出，我国年轻群体中“斜杠”青年已经超过了8000万。

在互联网大厂，也有许多年轻的程序员，白天他们为生活打工，晚上他们只为自己打工。不满足生命只用来敲代码，他们不安于现状，跳出格子间，悄然开启了自己的“第二人生”。在大多数人看不到的后台，他们可能是舞蹈老师、健身达人和摄影师。

比如燃燃，上班时的他伏案写代码，下班后的他是在你身边旋转跳跃的“舞者”。

燃燃除了是一个资深码农，还是一个资深的爵士外加hip-pop票友。在蚂蚁园区，很多人都见过燃燃在健身房里扒潮流新舞，一举一动之间，既有爵士舞的柔美，也有节奏的力量感，以一己之力拉高了健身房的跳舞水平。

这不是他第一次跨界了。10年前，燃燃高考失利，慌乱中进了上海一所大学读心理学。入学后他发现，专业冷门，就业困难。

燃燃突发奇想，觉得当舞蹈老师也大有前途，于是用买电脑的5000元，先斩后奏报了上海最好的舞蹈课。学了几个月，他发现自己可能并没有舞蹈天赋，“有些努力果然是徒劳无功的”，接着转身投入了编程的怀抱。

大学毕业后的这六年，他一边写代码，一边跳舞，舞蹈成了他人生中一个重要的斜杠身份，也让他的编程页面更加丝滑。在每次仔细检查动画是否衔接流畅时，他觉得就像训练舞蹈一样，越丝滑越好。跳舞并没有成为燃燃人生中过去的某个站点，反而填补了他工作和生活之外的缝隙。

这年头，谁要是没个马甲，还好意思出来上网冲浪吗？

千万不要去猜你同事在另一个圈层的马甲身份，因为你永远都不知道下一个你在另一个小众兴趣圈里打call的师傅，会不会就坐在你隔壁。

谁说工作和生活只能二选一？这届年轻人告诉你，敲下代码和拿起相机，共同撑起了灵魂的多维空间。不管从哪里开始，起点是什么，这届年轻人努力打工，也不会放弃开拓自己的斜杠事业，斜杠是他们扩展自我后所拥有的平凡而又热烈的第二人生。

（图/罗再武）

被母亲逼着搬出去住的那些天

□明前茶

生日那天，母亲招待他吃了一顿大餐，跟他进行了一次严肃的谈话，勒令他搬出去住。彼时，他已经在本市读了四年大学和三年研究生，并就地找了一份工作。父母把房子买在江北的滨江公寓，可以目睹下游的长江滚滚而过。当母亲严肃地说“我不能再伺候一个好像永远也长不大的高中生”时，他感到自尊心受到了深深的冒犯。

他赌气立刻联系中介小哥看房子，拿出所有的压岁钱，支付了三个月的房租和保证金，搬了出去。他记得搬家那天，母亲正好在外地出差，父亲去了医院陪护外公，他连一个可以示威的对象都没有。

他在单位附近租了一套20世纪90年代的老房子，年纪比他还大。装修与家具都十分老旧，每个月的租金倒要3500元。搬完家，将所有的日用品和衣物归位后，他只倒在床垫上叹了十分钟的气，就立马出门了。他必须立刻去家具大卖场买转椅，买晾衣架，买鞋柜，否则他只能坐在房东留下的塑料凳上坚持工作，脱下的外套只能放在床垫上。

他生平第一次搞清楚洗衣液与柔顺剂的区别，搞清楚滚筒洗衣机上面十几个按钮的不同含义。如今，离开了母亲的呵护，他不得不亲自打扫卫生，亲自洗碗、擦拭灶台和油烟机表面，把地拖干净，徒手把浴室下水道中积攒的落发掏出来。

转眼间他被母亲赶出来满两年了。他意识到自己对时间与金钱的认知都发生了深刻的变化。之前，母亲揽下了所有的家务，他双休日能赖床到下午2点，而今，即使在周末，每天7点半，他身体里的闹铃就响了。他知道早市的蔬菜水果最新鲜，而厨余垃圾的回收时间上午最晚是9点，最好赶在那之前将垃圾送到回收点，否则家里容易滋生蟑螂。他的作息正常了，早睡早起，居然一年可以读二十多本书，还把注册会计师证考了下来。

他偶尔还回父母家去，但是那股微妙的尴尬似乎尚未完全消失。他一直想对母亲之前25年的照料表示感谢，但他一直拖延着，迈不出对自家人说体己话这一步。直到有一天，他在厨房吊柜里发现了母亲的日记。他翻到了两年前，母亲逼自己搬出去住的那些天，母亲写到，自己争取了出差任务，躲了出去，是生怕目睹独生子搬家的场景会掉眼泪。她怕自己是一只溺爱孩子的老鹰，舍不得做出将儿子啄离的决断，把儿子这只本可展翅翱翔的小鹰，圈养成不舍离巢的肥胖家禽。

他吃了一惊，急速地往后翻，终于发现一桩母亲没有告诉他的事实：习惯他搬出去住的这种变化，她吃了整整三个月的安眠药。深谋远虑的中国父母，从来都控制着自己的真情实感，坐等孩子去发现与感悟。

（图/熊LALA）

没好球鞋，依然享受打球的快乐

□桌子先生

有个女孩曾经给我讲过她的故事。她说：“我从小在偏远的农村长大，我买不起新潮的玩具，买不起好看的漫画书，常常在家境良好的同学面前感到自卑。尤其是在读大学的时候，她们经常谈论昂贵的护肤品，讨论新潮的手机，而我总是刻意躲开，因为怕她们问起我那样的话题，我却支支吾吾回答不上来。”

她的话让我唏嘘不已。因为，我在她的故事里看到了自己曾经的影子。我在湖南一个偏僻的农村长大。父亲是木匠，母亲是农妇，父母能够供我读书已经是使出了全身的力气。

记得我读书的时候，很喜欢打篮球，但我买不起一双昂贵的篮球鞋。看到和自己一起打篮球的同学都穿着名牌鞋，我深深感受到骨子里的那种自卑。

当和那些家境良好的同学打球的时候，我非常不自信。我怕他们看到我穿着一双普通的鞋子，更怕他们嘲笑我家境贫寒，根本买不起一双好球鞋。所以，我不敢让自己成为他们关注的焦点，抢球、投球的时候，都非常不自信，球也打得很不好。

这样的状态持续了很久，直到有一天，发生了一件事情。

我们班有个叫L的同学，他的家境比我的还差，但是我看到他穿着一双很破的鞋子，在篮球场上健步如飞，潇洒又自信。他投球中了就开怀大笑，抢球失误就努力追回来，从没因为穿着一双破鞋就自卑或逊色半分。那场篮球赛，根本没人注意到他穿的是什么鞋子，更没人关心他的家境如何，大家只关心他在篮球场上的表现。

那一刻，我忽然想通了一件事情：家境好不好和能不能打好篮球，完全是两码事。我不能因为穿着一双普通的鞋子就不敢去打篮球，而是应该即便穿着一双不好看的鞋子，依然能够在篮球场上畅快地挥汗如雨、全然付出，并且感到快乐。

所以，真正的自信是什么？是坦然接受自己可能在某方面不如别人，但不会因此不安。

一双球鞋那么贵，我买不起就是买不起，因为那是我几个月的生活费，我不想让父母劳累，我也不会因此感到羞耻。

一部苹果手机，相当于工薪家庭几个月的工资，我确实负担不起，这超出我家庭的承受范围，我也并不会因此自卑或自责。不管我穿什么鞋子，用什么手机，都不会影响我的自信，我都能坦然接受，这才是真正的内心强大。

（图/麦小片）

年轻是一种氛围感

□艾小羊

经常合作的摄影师比我小十几岁，跟我拍一天照累得要死，在回家的路上跟化妆师感叹：“看到小羊姐还跟年轻时一样，我觉得咱们也可以再拼20年。”

我的读者最喜欢看我发新旧照片对比，以前我的审美没这么好，也没有健身，虽然年轻，但也青涩，而且修图水平没有现在高，总之，如今的照片比之前的好看。读者看了心生欢喜，在后台留言：终于看到了一个越老越美的，瞬间对变老这件事没那么恐惧了。

满足一下大家，说说我的抗衰秘诀。

首先，不服老、不认老，就不容易老。

在我的词典里，除了最后生活不能自理那种不可抗的衰老，生命的其他阶段都叫“年轻”。无独有偶，白岩松采访八十多岁的黄永玉先生时，看老先生开红色法拉利跑车，脱口而出：“这东西不是小年轻玩的吗？”黄老回应：“我不就是小年轻？”很多人觉得黄老幽默，我觉得不是，他是真这么想，才能当一辈子野孩子。

其次，每天至少做一件新鲜的事。

人是从什么时候彻底老去的？就是他开始活在过去，对生命只有经验，却失去了好奇，一切新鲜的东西都与他无关的时候。从这个层面看，我见过25岁的老人，也见过52岁的年轻人。

每天做一件新鲜的事其实不难：穿了十年的西装，尝试搭配一条卫裤；从没用过气垫，在商场免费试用柜台领一个小样试试……

我曾经在刚开业的奶茶店看一对老夫妻学习如何在大众点评上领券，然后捧着两杯“网红”奶茶坐在店里边喝边评价，那时候我觉得他们很年轻。

年轻的氛围感，是流动的，拥抱新鲜是保持年轻氛围的核心。当然了，不是新鲜就一定好，而是满怀好奇心的你，看上去很好。

最后，剔除复杂的关系，维持简单的判断与生活。

年轻人的活力，足够将生活变成一个繁杂的马戏团，而永远年轻的人，他们的活力在于慢慢将人生简化到只做对自己有用的事。尤其要在人际关系上做减法，别操不该操的心，包括对子女。

世间任何关系，最牢固的纽带都是互利。你只有活成年轻的中年人、优雅的老人，对他人才真正有利。年轻人才不需要你指导人生，除非你能给钱，他们对比自己年长的人，唯一的要求是“管好你自己”。

对时间的焦虑，是人生的终极焦虑。我们一方面要认命，另一方面我们不能认命，毕竟往后的每一天，我们都是最年轻的自己。认命了，才能有稳定的情绪、充分的智慧，去粗取精地经营自己，活成蓬勃向上、不认命的年轻感。

（图/豆薇）

摆脱内耗的纠缠

□乔　贝

90岁仍未退休的心理医生中村恒子，用一辈子写就了一本哲理小书《人间值得》。给有“内耗病”的人开出了一剂真诚的良药。恒子奶奶认为：“忧虑未来于事无补，谁也无法预料未来。”她年轻的时候憧憬着幸福的家庭生活，结果嫁给了一个不顾家的酒鬼，只好一边做着繁重的工作，一边抚养着嗷嗷待哺的小孩，一边操持着做不完的家务。但恒子还是该吃就吃，该睡就睡，认真对待生活。在她的身上，看不到任何执念。因为一旦执念太深，就会有怨念。

一个人最大的内耗，就是不放过自己。心里始终像住着两个人，不断打架。其实一直和自己斗争的不是外界或他人，而是那个高敏感、低自尊、有完美主义倾向的自己。

知乎上有个热门话题：“为什么说内向的人精神内耗很严重？”网友方东烁的回答引起很多人的共鸣：想穿好看的衣服出门，要挣扎许久；想在课堂上发言，却在心里挣扎无数回；聚会时企图加入群聊，却插不上嘴；发个朋友圈、公众号要焦虑失眠一晚上。内向性格的人一般高度敏感，很在乎别人对自己的态度和看法，别人随口一句话他都能暗自揣测很久，越想越多，整个人陷入了毫无意义的思考之中，拼命地跟自己过不去。

我们很多的不快乐，就是因为被头脑中的各种念头缠绕。精神损耗严重，会影响自己做出有效的判断，无论学习、工作还是人际交往都会更加吃力。接纳自己，扔掉完美人设的标签，是减少内耗的开始。

要想减少内耗，成为高效能人士，我们就要学会缩小关注圈，扩大影响圈。积极主动的人会专注于“影响圈”，不会在不可控的事情上紧盯不放。爱好，是消解情绪内耗的一大良药。高考成绩陆续公布的那几日，几家欢喜几家愁。安徽的张同学查到自己高考总分数为529分，不是很理想。但他没有一蹶不振，更没有一味沉溺在悲伤的情绪中，而是独上二楼拉二胡。乐曲虽有凄凉，但同时怀有希望。他已经做好了复读的决定，就不再纠结于过去的失败，让负面情绪消耗自己。

美国精神分析学家卡伦在《我们内心的冲突》一书中提到：“我们愈是正视自己的冲突，并寻求解决的方法，我们就愈能获得更多内心的自由。”俗话说：“将军赶路，不追小兔。”聪明的人，懂得把时间专注在重要的事情上；内耗严重的人，才会把时间用在纠结、焦虑上。任何时候，我们都是自己心理苦痛的制造者，也是唯一的终结者。

（图/鹿川）

心态高过云端，姿态埋入地底

□刘　润

在一次私董会上，我给大家讲了三个概念：自污、示弱、看淡。

这三件事，看上去都是把自己踩在地板上摩擦。凭什么，有必要吗？

自污

我在朋友圈里、微博上从来不维护自己所谓“高大上”的形象，而是经常用小龙虾、丑照、段子手来自黑，为什么？因为“君子自污”。

什么叫君子自污？就是如果你浑身雪白地出门，就会有人忍不住往你身上泼脏水，对你满满的恶意。

出门前，不妨往自己身上泼一些脏水。这样，别人看到你就会哈哈大笑，但是恶意全消。

你可能会想，这有什么意义？他污、自污，不都是污了吗？其实，“污”不重要，因为这世上没有绝对洁净的东西。

重要的是，你用“他污”邀请恶意，还是用“自污”邀请善意。

示弱

企业家都会极力展现自己刚强的一面。其实，他们的内心有时非常脆弱。这是非常辛苦的，因为你表面的刚强，拒绝了所有外界的帮助和能量。

“这件事已经有了三个方案，个个都很棒，但我还是想给你一个机会，让你说说你的看法，虽然我不一定会听。”——这就是外表刚强，内心脆弱。

不如试着示弱，真诚地告诉别人：“我需要帮助。”

“这件事我想了几天，但一直没想清楚，非常需要你的意见，你是否可以给我一些帮助？”——这就是外表示弱，内心强大。

只有强大的内心，才会示弱。示弱，会邀请能量，邀请善意，邀请帮助。

看淡

2006年，我写了一篇文章《出租司机给我上的MBA课》，被疯狂传播。很多人说我瞎编、无知、别有用心。在舆论的旋涡中心，无论往哪个方向看，看到的都是误解。

如果你靠别人的反馈来评价自己，会非常痛苦。你总想向别人解释，可是，如果是一两个人质疑你，你还能解释清楚，如果是几十万、上百万人误解你，你怎么解释？

这时，如果你用内心认同的价值观来评价自己，就会瞬间看淡所有的误解。

你会觉得：他们怎么评价，是他们的事。我对自己的看法，只和我认同的价值观相关。这是一种很难的修炼。但是如果炼成，你会真正地看淡。

因为只有“心态高过云端，姿态埋入地底”，你才可以拥有最高尚的朋友，而没有最低微的敌人。

（图／豆薇）

你的苟且，正在成为别人的红利

□王耳朵

一个上海的超市阿姨，干了一件事。算不上惊天动地，甚至有点鸡毛蒜皮：灭蚊。但她，灭了整整 13 年。

阿姨叫浦赛红，是上海一家大润发超市的员工，干了 13 年，灭掉的蚊子少说也有 2 万只。

浦阿姨是大润发超市的一个专门工种：清管员。顾名思义，就是在卖场里做清洁管理。而她负责的，是专门防治有害生物，比如蚊虫、苍蝇。可不起眼的工作，浦赛红没有敷衍了事。

刚上岗，超市给她配的是最简易的塑料苍蝇拍。别人拿到这种“原始”工具，顶多按部就班在卖场里挥挥拍子。只要保证顾客面前不出现蚊虫聚集，就万事大吉。但浦赛红不满足于此。打打蚊子是简单轻松，但治标不治本，她想从源头上防治。

先是研究蚊子。从清晨到深夜，浦赛红无时无刻不在观察蚊子的行动轨迹、行为特点，并仔细记录。日子久了，真总结出一套“作息规律”：“6：00，花园及绿化带，精力十足，难打……”“9：00，积水处，产卵……”“15：00，阴凉处，睡午觉……”不同季节，归纳出不同习性。就连蚊子最喜欢的温度、湿度范围，都掌握得精确。

了解完对手，浦赛红开始“利其器”。从最初的苍蝇拍开始，她大大小小尝试了不下 50 种工具，物理的、化学的……市面上现成的灭虫工具不够，她就想点子自制：在盆里放入兑了洗洁精的水，再把蜂蜜涂抹于盆口。蚊子被甜味吸引而来，很快就困于黏稠的泡沫水中。

她还发现，蚊子最喜欢鲜艳的黄色，便将黄色的粘虫纸剪成水果形状。蚊子寻色而来，自投罗网，这招叫“色诱”。

掌握了规律，浦赛红在超市内外布下“天罗地网”。超市外的草丛，她装上捕蝇笼，以食物作诱饵。超市内，门帘、风幕机，又是两道“关卡”。若是还有“漏网之鱼”，再往前，等待它们的是浦赛红设置的粘虫纸、粘蚊彩带、灭蚊灯。经过这“六扇门”的把守，几乎没有蚊子逃得过去。

明明不属于自己的职责范围，浦赛红却把每天的工作，延伸至超市门口 200 米开外。

浦赛红的工作普通吗？太普通了，普通到只是一件蚊虫大小的小事。可她把这微不足道的小事，做到了极致，成了“专家”。

以至于附近居民一到夏天，都来向她讨教经验。那份“蚊虫作息表”，甚至登上热搜，1.8 亿人点赞。

我震撼于把小事做到极致的专业力量，更钦佩于这个阿姨的聪明。

这种聪明，不是说她有多高的学历，而是她懂得，怎样拉开人和人之间的差距。

所谓人和人的差距，就是这样拉开的。

（图/HHYM）

围城的斜杠

□蓬　山

《西游记》第九十六回《寇员外喜待高僧，唐长老不贪富贵》，师徒四人来到了铜台府地灵县，遇到礼佛的寇员外盛情款待。李卓吾的点评十分精彩：“东人要修西方，西人要修东土，总只是在境厌境，去境羡境。如今在家人偶到僧房道舍，便生羡慕，殊不知僧道肚里又羡慕在家人也。倘令之易地，亦必相羡相厌，亦复如是也。”

这一段，像极了杨绛写在《围城》扉页的那句名言：“围在城里的人想逃出来，城外的人想冲进去，对婚姻也罢，职业也罢，人生的愿望大都如此。”钱钟书一九八一年为《围城》重印写了一篇前记：“事情没有做成的人老有这类根据不充分的信念：我们对采摘不到的葡萄，不但想象它酸，也很可能想象它是分外的甜。”

其实，大多数时候，我们都是后者，想象那未摘到的葡萄分外的甜，并为此懊悔、焦虑、遗憾。等摘到葡萄，往往又觉得不过了了。大学时有个新闻系的同学，看多了《壹号皇庭》，对律师职业突然兴趣大增，寻死觅活地申请转系。等真的改学法律不久，便大倒苦水，觉得太枯燥。老百姓没有文采，用一句“这山望着那山高”形容，微言大义。

其实，城里城外，东土西土，酸葡萄甜葡萄，本不是非黑即白的零和游戏。比如，城里有茶馆酒肆繁华去处，有时难免拥挤吵闹；城外杨柳青青春风十里，却又不免衣食不便。然而人就是容易走极端的动物，当觉得那边十全十美时，这边在心里就糟得一无是处。这就是李卓吾说的“相羡相厌”。

现在是一个流行跨界“斜杠”的时代，很多界限越来越模糊。贪婪、欲望与进取心之间，也不是那么分明。其实，对待工作、生活，都不妨难得糊涂一把，将围城的城墙当成一条斜杠好了。

（图/小粒团）

我为什么要工作

□欧阳宇诺

作家丹·布朗有次去了片场和其他一些地方，结果感染了病毒，不过好在三天后就康复了。听到这则消息，我对丹·布朗的康复速度深感惊讶，我很好奇他为什么不公开治疗方案，直到我读到来自他前妻披露的信息："多年来，丹·布朗与一位荷兰驯马师有着隐秘的婚外情，给她买了很多贵重的东西，包括一匹 34 万美元的弗里斯兰马。"

暂且抛开道德层面不予讨论，我突然醒悟，丹·布朗一定有着雄厚的经济基础，这次感染病毒后，一定是因为投入了大量的金钱，获得了常人无法企及的极好的医疗服务，能只用三天就完全康复。

丹·布朗的钱从哪儿来呢？他是一位畅销书作家，《福布斯》杂志估计他年收入达 7600 万美元，《时代》杂志估计他光是凭借作品《达·芬奇密码》就有 2500 万美元的进账。即便如此，他仍然兢兢业业地工作，康复后，每天早上 4 点就起床，写作剧本和小说。所以，从某个层面而言，工作带来的金钱挽救了丹·布朗的生命，还使他获得了火箭一般的康复速度。用工作报酬获得高质量的医疗待遇，从而延长生命，这是我工作的第一个目的。

懈怠如我，如若没有工作的压力和鞭策，多半会如地鼠般隐匿于家中，不再精心于护肤及打扮，也将疏于关注潮流趋势及自我成长和提升，更会尽量少地与人类及社会产生互动。一想到这苍白又晦暗的画面，再反观我在办公室时那朝气蓬勃、活力满满，与同事热情互动的样子，我就不禁感谢工作，提供给我浮游在人类及社会中的契机，给我输送新鲜的氧气，此为我工作的第二个目的。

美国作家琼·狄迪恩在将女儿金塔纳的骨灰放进圣约翰的大理石墙的一个星期后，飞去了波士顿、达拉斯、明尼阿波利斯，忙着为新书做宣传。接下来，她又飞去了华盛顿、旧金山、洛杉矶、丹佛、西雅图、芝加哥、多伦多……仍然是为了工作。接下来，她意识到，光是在机场匆忙来往还不够，必须更努力，于是她计划将新书改编成一部话剧，在百老汇演出。在工作的时段，"钟声不一定响起，大门不一定闭锁，问题的答案是开放性的，故事还没有落幕"。狄迪恩是在试图用工作忘却死亡带来的痛苦，正如阿兰·德波顿所言："工作的存在是为了让我们不再惦记生命的徒劳和死亡的不可避免。"在某种程度上，遮挡生命中的无常及痛苦，此为我工作的第三个目的。

（图/张翀）

株洲，241 岁的“中国合伙人”

□城　君

在湖南株洲，上演了老年版的“中国合伙人”的他们，合计 241 岁。谁会想到，平均 80 岁的老人，会从零开始开饭店。闲不住的老爷爷们，干劲十足，自己当老板，也当厨师，做服务员。86 岁的余爷爷，煎得一手好蛋饺。77 岁的马爷爷，和面、擀面皮、做馅、包饺子一气呵成。76 岁的魏爷爷，负责一边煮水饺，一边热情地招呼顾客。

这家饭店，开在株洲市石峰区红旗北路，名为宝南饭店。因为在他们的心里，湖南是个好地方，株洲是块宝地。“所以，就叫宝南咯。”

没想到年龄、梦想、创业、奋斗，这些大都贴给年轻人的标签，有一天会贴在三位老人身上。

爷爷们的饭店火了之后，三个老伙计搭配干活，忙个不停。饭店大门口的白案桌，是他们的专属工作台。做蛋饺，包饺子，煮水饺，出品一些老口味的家常小菜。走进店里，常常让人产生一种错觉，像是外公在案板上忙活和招呼的样子，充盈着幸福感。

宝南饭店，特别受欢迎。大家最爱的是店里的招牌饭，也是爷爷们的“拿手好饭”，水饺和蛋饺。一天下来，顾客络绎不绝。从早上 7 点开始和面，上午 10 点开门，一直忙碌到晚上七八点。工作时需要一直站立，得做完一天的活才能坐下来吃饭、休息。在别人眼中很是辛苦和劳累，爷爷们却是乐在其中。

很多人会注意到饭店墙壁上的一张合照。照片上还有一句话：“我们选择开宝南饭店，不是为了谋生，而是为了生活。”

爷爷们，虽不是土生土长的株洲人，但他们已经和这座城市的性格紧密相连。三人相识于微时。魏爷爷和马爷爷都是北京人，余爷爷是武汉人。半个世纪前，当他们还是小伙子的时候，从北方一路南下。先后进入了中车株机厂工作，结婚前住过同一个小区，同一个宿舍。最后落脚在湖南的这座陌生的城市，一住便是一辈子。友情岁月长，几十年，见证着彼此人生最重要的时刻。

退休后，闲不下来的三人又聚到一起，思考着做点什么。最开始提出开店，家人都不同意，劝导着爷爷们不要瞎折腾了。

但当他们决定了，家人们又纷纷加入，帮着爷爷们一起筹备。经过三个月的准备，从选址到装修，再到桌椅的添置，都是几家人齐心协力完成的。得到老伴和儿孙们的支持，三位老人的兴致和劲头高涨。马爷爷说，不图赚多少钱，能够保本就行。做生意也不用太急躁，先把菜品做好。反正啊，这一趟就是图个乐。

心态好的三位老人，还商量着，等饭店赚钱了，就买辆房车去旅游。从株洲出发。

（图 /HHYM）

我曾经有几秒钟大脑一片空白

□翟树杰

翟志刚，2008年我国首位出舱进行太空行走的中国航天员，出舱考验的是一个国家和航天员的综合实力。

出舱有多可怕，常人很难想象。第一是寒冷，外太空达零下一百七八十摄氏度。第二是太空绝对真空，没有一丝氧气。第三是每秒七八公里的高速飞行。失之毫厘，谬以千里，稍有疏忽，就会前功尽弃。而且，人一旦脱离航天器，就会永远飘浮在太空。

做一名合格的航天员第一要心理素质好，头脑灵活，抗压能力强，胆大心细，遇事不慌。第二是身体必须好。正常人原地转几圈都会打晃，头晕目眩，更别说在失重情况下的高空高速运行。第三是技术能力。翟志刚等航天员大都是战斗机飞行员出身，经验丰富，控制能力极强。

我早就对航空航天极其感兴趣，见到翟志刚更是十分好奇，询问他第一次出舱的体验。

我提到在2008年看神七出舱直播，看到他几次试着开舱门都没打开，为他捏把汗。翟志刚说："因为里边的设备等物体的材质中，含有的少量气体会慢慢释放，完全释放需要很长时间，不大可能完全排光，时间不允许。"

翟志刚说，因失重身体飘浮使不上力，所以他左手紧紧抓住另外一侧的扶手，右手拼命地拉动舱门，几次努力都失败了。"最后一次，我用了全身的力气，终于把舱门打开了。那一瞬间，心里特别快乐。"

出舱的时候害怕吗？我问。他说："那次真的怕了！"

为啥？翟志刚说："我终于打开舱门之后，第一件事儿就是把自己的安全挂钩挂在舱口的把手上，否则，一旦出舱的时候自己飘走，那就完了。"我听着有点流汗了。

翟志刚说："挂好钩之后，我探出头去。那一瞬间，我惊呆了，整个大脑一片空白，足足有几秒钟。"为啥？"我们的宇航头盔面罩透光性能特别好，慢慢飘出舱外后，放开视野，你会看到一个没有任何杂质的太空。那个太空，清晰透彻，极其空旷。大大小小的星星，就像在你身边一样，好像伸手都可以抓到。""地球是一片硕大的蓝色大地，上面缠满白色、灰色和褐色，它重重地在我的头顶。脚下是深不见底、看不见边际的万丈深渊，一片漆黑。你脚踩的宇宙飞船，就像一个皮球在脚下飘浮，在深不可测的太空之中，上下左右无依无靠，哪怕像一根绳索一样的东西都没有。"翟志刚说，他的大脑有几秒钟空白，但很快就恢复了正常。当翟志刚把鲜艳的五星红旗高高举起时，他说："我成功啦，我完成了祖国交给我的任务。"

（图/豆薇）

塑造

□明前茶

在上海见过足尖鞋制作大师顾老师后，我才明白一个事实：没有首席舞者能定制足尖鞋，他最多能选择无限接近于自己尺码的鞋号。足尖鞋在芭蕾生涯中，是一种前所未见的消耗品。一名勤奋的舞者要锻炼出熠熠生辉的技巧，在演出旺季，每天的训练与演出就可能消耗两双鞋。

女舞者往往都会带着针线包，自己缝制鞋带以有力地支撑脚踝，自己在墙上轻轻撞击坚硬的鞋头，把它塑造成贴合自己立脚尖时的模样。她们仔细研究如何用硅胶带及止痛胶布缠绕脚趾，或者以棉花填充鞋头空隙，减轻站立、腾跃、旋转起来的疼痛，她们也会用热胶水涂抹在鞋头外面，等胶水冷却后，鞋头的形状就变得更稳定、支撑力更佳，可以支撑3个小时的演出，确保足尖部分不会因为沾染热汗，软化到难以支撑激烈动作的程度。

顾老师也经常到少儿芭蕾学校去，现场指导那里的女孩缝鞋带，手把手教她们“盘鞋子”。

芭蕾少女们已经有了3到5年的学习经历，对第一次学习立脚尖，既兴奋又忐忑。缝好鞋子，第一场立脚尖的练习课上下来，有的孩子哭得很厉害——那双怎么盘弄都硌脚的足尖鞋在暗示她，扶着把杆立脚尖都这么困难，就更别说大跳与旋转了，这是在暗示自己在芭蕾上没有天分吗？

对此，顾老师像一名真正的芭蕾教师一样蹲下来，安慰那些自卑的小姑娘——天才的芭蕾舞者，都是塑造出来的。训练量可以帮你塑造鞋子，脚上的使力点，出的汗水与皮肤表面凸起的血管与筋脉，都会帮你软化鞋子，进而塑造它，让它变得适脚，与你共进退同呼吸。如果训练量不够，又三天打鱼两天晒网，那么足尖鞋就变得“坚不可摧”。

国内一线舞团在职演员的脚，顾老师都见过，她单独拍下他们的脚的形状给孩子们看，让孩子们去猜，谁是首席舞者，谁是群舞演员。有意思的是，大部分孩子都猜错了——那些脚型出色的可能是默默无闻的群舞，而有轻微的外翻、从前被判定“不适合学芭蕾舞”的，是21岁就签合约的首席舞者。后者是怎样做到的？顾老师很简单地说：无他，后者用掉了更多的止痛胶布，穿坏了更多的鞋，以及用掉了更多的松香粉。

芭蕾训练时流下的汗水，会使训练场打滑，因此除了及时擦去地板上的汗水，穿上足尖鞋后，舞者会去放松香粉的小池子里踩一踩。

舞者对舞团中的佼佼者，都心服口服，因为，她一年穿坏了400双鞋，用掉了5公斤松香粉。

（图/豆薇）

“静”中藏个“争”字

□齐　夫

汉字很奇妙也很有趣。就说这个“静”字吧，分开来看，一边是个“青”字，一边是个“争”字。而在我们的一般理解中，静和争是无法并存的两件事，水火不容，势不两立。人既然求静，像陶渊明那样挂冠而去，寄情田园，那就不要去争了，争得面红耳赤，你死我活，还怎么能“采菊东篱下，悠然见南山”？其实这只是一种片面理解，静有另一种不同的诠释：争中有静，静中有争，要想静，须先争，越想争，心越要静。

大千世界，芸芸众生，到底都在争什么呢？如果是争名争利，那确实静不下来，每天争得不亦乐乎，受困于名缰利锁，教他如何能静下来？但有另外内容的争，争境界，争格局，争水平。这些争则大都是在静态中进行的。可以通过静静地学习、读书，默默地内省、觉悟，悄悄地磨炼、升华，来达到争的目的。三国大将吕蒙被嘲有勇无谋，就发愤读书，手不释卷，后来学问大增，令人刮目相看。民国时，沈尹默的字曾被嘲笑为“其俗在骨”，他也没有争辩，而是回去静心反思，苦练多年，终成一代书法巨擘，也给自己争了一口气。

争有两态，即“闹中争”与“静中争”。赤壁鏖兵，长平大战，是闹中争，结果是血流成河，尸横遍野；“十年教训，十年生聚”“三年不鸣，一鸣惊人”，是静中争，不声不响就奠定胜局，不露声色就稳操胜券。静中争是养精蓄锐，集聚实力，苦练内功；闹中争是刀枪相对，唇枪舌剑，擂台较劲。闹中争是百米跑，比拼的是爆发力，静中争是持久战，需要耐心与韧劲，沉得住气，不求一时之高下。善争者皆是静中争的高人，平时不显山露水，不喧嚣浮躁，表面平静，但心中可能有万丈波澜，气势如虹；而一个骄狂闹腾的人，看似气势汹汹，咄咄逼人，实则腹中空空，胸无点墨。

静是相对的，争是绝对的，静与争就是静止与运动的关系。争的最高境界是不争之争，其实也就是静中之争。要想静，须先争。心静，就是不去想那些柴米油盐的琐事，但你要把这些东西先争来，才能不去想；心静，就得有一个安静的环境，窗明几净，远离闹市，这也要靠自己去争来。越想争，心越要静。争，就要全力以赴，排除各种杂念，心无旁骛，聚精会神，这时，心静如水，不受干扰，才可能一击而中，一争而胜。

人生在世，只静不争是懦夫，只争不静是莽汉，皆不可取，还是争中有静，静中有争的好，可以争得气象万千，精彩纷呈。而且，当以静中有争者为上。事实证明，喜欢闹中争的，多是浅薄粗俗之辈，固可以获小胜，但不足以成大事；善于静中争者，能忍辱负重，肯卧薪尝胆，早晚会拨云见日，一飞冲天！

（图/豆薇）

学龙虾做人

□米　哈

如果要找一个人做你人生的仿效对象？他会是谁呢？美国著名心理学家乔登·彼得森提议说：人们应该跟龙虾学做人。

在《生存的十二条法则》一书中，彼得森从龙虾“争地盘”的情景说起，娓娓道来人们在当下世界的生存之道，他写道：“根据统计，当战败的龙虾重新鼓起勇气再次出战，再次败北的可能性高于你根据它先前的战绩所做的预估。相对的，胜方则更可能再度获胜。”为什么呢？

因为当两只龙虾在争地盘时，除了体形决定优势，另一个关键是它们体内血清素的浓度。血清素越高的龙虾越有自信，战斗时身体也会张开得越大，获胜的概率就越大。相反，输的龙虾会将身体蜷起来，血清素也会跟着下降。

更重要的是，“龙虾的世界是赢家通吃的，和人类社会一样，金字塔顶端百分之一的人口拿到的战利品与底层百分之五十的人口拿到的一样多，而且最富有的八十五个人拥有的财富，相当于三百五十个低端人口的资产”。在龙虾的世界，这是如何达到的呢？

彼得森解释说，经过数百万年演化的龙虾发展出优胜劣败的生长模式。一方面战胜的龙虾会分泌更多的血清素，另一方面，战败的龙虾会长出“劣势者的脑”，并分泌较低的血清素和较高的章鱼胺，以“适应劣势者地位”，即变得胆怯、垂头丧气、躲躲藏藏，并会受到少量刺激就触发逃跑反应，就像人类的创伤后压力症候群。

龙虾的演化，跟我们有什么关系呢？

人的身体里也有血清素，它会影响人感受到安全、幸福，以及信心。彼得森以龙虾为喻，认为成功是有生物性条件的，我们要习惯向大脑传达正向情绪的提示，而此提示包括正向的姿势。因此，彼得森提出十二条生存法则之首：“站直，抬头挺胸。”

当我们“站直、肩膀往下压、抬头挺胸”，是叫周围的人看见我们的自信，也是叫自己迎接胜利的第一个动作。

（图／麦小片）

正确的时间管理

□孙　欣

即使不以一生为度量，成年以后也很容易觉得时间过起来飞快，不够日程表用的。做一个什么都不亏负的人，每天要刷牙洗脸梳妆打扮，有些会一定要在场，有些邮件一定要回复，有些交通工具一定要赶；孩子需要接送，三餐需要准备，父母亲戚需要探望照顾。这些事在日程表上就像城门上的大铆钉，别的软性事物只能围绕着它们安排。朝九晚五的上班族还要去健身房，学冥想，学瑜伽……算上来回奔走洗澡换衣服的工夫，一整晚的空闲就没有了。

新媒体和朋友圈刮起学习和知识付费之风，成了压垮爱焦虑的上班族的最后一根稻草——都知道学习是好事，也不是花不起购买知识的钱，只是时间从哪里来？“如何管理时间”成了知识付费的热点之一。很久以前就有一本书叫《高效能人士的七个习惯》，这本书教出来的徒子徒孙，是真的已经成了高效能人士挣着大钱，还是靠把“高效能人士的习惯”重新包装成朋友圈热点文章来挣大钱，抑或是继续把时间花在学习提升效率上？网上课程种类繁多，有“音频一百讲”教人学会时间管理。从来不被这种课程诱惑，倒可能是节省时间的一种有效方式。

所有需要更换地点的事都头尾自带两截隐形的时间黑洞。能不出门就不出门，是一种很有效的节省时间的方式。我听过无数人抱怨出门之前随便收拾一下就要花掉至少20分钟，那是因为大部分人不是像我一样的悲观主义者，也不是控制狂。钥匙钱包车票必须上次进门的时候就整理好，为下次出门做好准备。宁可忍饥挨饿，也不多带化妆品零食保温杯之类的零碎东西，以免找不到而浪费时间。据说纽约人一下车就把钥匙抓在手里，为的是缩短在自家门前摸钥匙的时间，减小被抢劫的概率。我从来没遭遇过抢劫，但总是会在公交车还有一站地到家的时候就把钥匙拿出来放在大衣口袋里。

乘坐公共交通工具和走路的同时就可以读书和吸纳信息。通勤时阅读或听有声书和播客，效率特高，可能是因为能把人暂时带出喧嚣的现实。有人说搭地铁几年下来能学会意大利语，不知道是不是夸张了。我在手机上看完过巴尔扎克的《幻灭》和《交际花盛衰记》。一旦意识到自己某一刻很闲，五分钟内把两个社交软件刷了三遍，就马上起身去做点小型家务，或是举几组哑铃再来两分钟平板支撑。这样度过零碎时间，可以积攒出整块的阅读或看剧的时间，还能改善核心肌肉强度和手臂线条。总的来说，时间管理的基本准则就是“别闲着”。

当然，时间管理核心的问题是：在挤出来的时间里，你打算干点什么呢？

（图/张翀）

我，正在努力克服“29 岁综合征”

□王言月

前不久，我度过了自己的 29 岁生日。

在生日到来之前的一段时间里，我时常会感到一种隐秘的焦虑。和一些年纪相仿的朋友聊天，我发现处在 29 岁的人，不论男女，很多都会开始对年龄感到或多或少的焦虑，但真正到了 30 岁倒不觉得有什么。

出于好奇，我上网搜了搜，发现有“29 岁综合征”的相关内容。其中一篇文章里说，“29 岁综合征”的关键词是“摇摆”，是在“够不着”与“放不下”之间纠结。

我仔细想了想，或许“29 岁综合征”归根结底是“30 岁危机”的前奏与序曲。由于我们所生活的社会对年龄过于苛刻，给 30 岁赋予了太多远远超出年龄的意义，让大部分人不自觉地思考 30 岁以后的生活应该怎么过。

那么问题来了，29 岁的我，究竟在紧张焦虑些什么呢？

首先，伴随着年龄增长而来的是容貌衰败的焦虑。比如熬夜后清晰加重了的两个黑眼圈、某几天放纵口腹之欲后明确上涨的体重数字……这些身体的变化都在提醒着我，肉体不可能永远水灵，而维持一副好皮囊所需要的精力与经济成本，也将随着年龄增长变得越来越高。

除了肉体衰老，焦虑的另一个方面，则指向了更为庞大且复杂的生活。总体而言，社会对 30 岁的想象单一且贫乏。尤其作为一名 29 岁的女性，如果尚未结婚生子，没有一份稳定的工作，就会被各种声音环绕，催促着你抓紧时间找对象、考编制。虽然你未必觉得这样的人生就是对的，可是又会在各种声音中忍不住问自己：如果不是，那我想要的生活又是怎样的呢？

村上春树写过：“我以为我二十多岁，会去看山河大海，落日余晖。可事实上是，我还在找寻我自己。”是的，29 岁的我目前方向模糊，人生还充满变数。

于是我明白了，令我感到焦虑的归根结底是未来的不确定性。这种恐惧是人为构建出来的，跟年龄大小没有太大关系。如果没有足够的勇气解决那些悬而未决的人生课题，不管到多少岁，恐惧都不会消失。

最终，我还是平平凡凡地度过了 29 岁生日。这天过去后，一切都没有变化，“29 岁综合征”也依然存在。于是我逐渐明白，只有当我着手解决那些具体的难题，而不是将精力耗费在虚幻的情绪内耗上，“29 岁综合征”才能够得到缓解与治愈。

（图 / 李三金）

读书给我的人生带来了什么

□冯　仑

读书对我的人生有什么样的影响？应该说至少有三个方面的影响。

第一，少年时代，因为兴趣读了很多书，后来读书为我创造了就业机会。

我在十四五岁时开始读历史，读马列，特别是读一些和马克思主义相关的书籍，后来上大学，就学政治经济学，念硕士，读社会主义理论。

结果在做生意之前，读书成了我的工作，成了我的职业。有些人特别喜欢历史，最后一辈子就研究历史了。我读马列，工作之后就教马列。一开始是因为兴趣读书，读书成了我的工作，这是很有意思的。

第二，我觉得，读书对我的人格塑造起了很大作用。

对一个男生来说，15到20岁特别重要，这是立志的时候。年轻时，我看过很多历史，也看过一些伟大人物的传记，越看，自己就越想成为那样的人。慢慢地就有了所谓的“使命感”，就想着，“我也想成为这样的人”。

比如，当时我读《三国演义》，把诸葛亮当成了偶像。会觉得，他怎么那么有智慧？能够那样想问题，料事如神，每件事都安排得妥妥当当，“运筹帷幄之中，决胜千里之外”。

诸葛亮讲“淡泊以明志”“鞠躬尽瘁，死而后已”，看后“小泪纵横”。后来看到诸葛亮去世在五丈原。帐篷里的蜡烛灭了，“秋风落叶五丈原”，我也是潸然泪下。那会年纪小，就感到真伤心。

伤心的同时，也会从心里生发出一种使命感，会去思考，“我应该成为一个什么样的人？我应该干什么？我能够为国家、为周围的人做什么？”

就这样，在读书的过程中，逐渐有了人生方向，然后知道了要成为什么样的人。

第三，学会了说话，形成了自己说话的风格。

比如，我上学的时候，特别喜爱鲁迅。逢鲁迅的作品必看，而且逢看必做笔记。

曾经有朋友说，我说话像是受了鲁迅的影响。

鲁迅说，说话要有意思，应该学习“三种语言”，第一种叫书面语言，这是正经的表达，必须懂。第二，要懂俚语，就是乡间方言，口语。第三种是外语。在说话的时候，如果掌握外国的词汇，民间十分接地气的土语、方言，加上书面语言或文言文，你的文字就会与众不同，更有味道。

这么多年过去，虽然当时读过的东西，不少后来忘了，忘了那些句子，忘了自己写过的感想，但是它们就像我吃过的饭一样，少部分变成了营养，我在读鲁迅作品的过程中得到了一种滋养。

（图／木木）

谋生·谋智·谋道

□鲍鹏山

人生有三个境界。第一，谋生，首先要养活自己。为了养活自己必须学一门技术，过去叫手艺。比如唐朝韩愈讲的“百工之人”，民间有很多木匠、铁匠、泥瓦匠、裁缝等，他们很小就拜一个师父跟着学手艺，学三年出师。这就是为谋生去学手艺。上大学的目的是将来好找工作，不仅为了养活自己，更为了获得体面的收入。这是人生的第一个境界，很重要。

但如果目标只是“养活自己”，那么人生的境界不是太低了吗?

人生的第二个境界是谋智，认知世界。到谋智阶段，人跟动物开始拉开距离。因为只有人的头脑里才装有抽象的、知识的世界。何为“人”？人和动物有何区别?在人类哲学史上，很多思想家一直在讨论这些问题。

人是有知识的，知识以符号的形式存在于人的头脑中，人的头脑中包含着一个庞大的符号世界。人坐在报告厅里，可是头脑里装着全上海，装着全中国，装着全世界，装着太阳系，装着银河系……这些装在哪里?看不见，找不到。它们都是以抽象的形式存在的，是以符号的形式存在的。我们跟动物相比，动物只有物理的世界，而人除了有物理的世界，还有精神的世界。这是人和动物的第一个区别。

所以，人一定要有知识。教育要教人知识。教物理、教历史、教地理、教化学、教数学，都是教知识。大学更细分了专业技术知识的领域。但是，谋智，仍不是教育的最高境界。教育的最高境界应该是——谋道。

人间有正道。有个词叫“人道”，人无道，便不是人。“谋道”是为了什么?就是认同价值，就是学会判断。判断什么?判断价值，能分辨人间是非、善恶、美丑。判断价值和判断事实是不一样的。对知识做判断，叫判断事实。比如一份考卷全部出知识题，就会有一整套标准答案。为什么今天的考试有那么多标准答案?因为主要考的是知识。为什么要有标准答案呢?因为对知识做判断，答案往往只能是唯一的。

价值判断与事实判断有很大区别。什么叫价值判断?比如以孔子为例出题：孔子是什么样的人?有以下选择: A.伟大的人; B.渺小的人; C.高尚的人; D.卑鄙的人。做选择就是做价值判断，用这样的考题来考诸位，大家都是出自自身判断，没有唯一的标准答案，但考的是每个人的认知能力、判断能力，而这才是人最重要的能力。

（图/乔巴）

明明三十岁，仍然觉得自己是个孩子

□译　言

每个时代的年轻人都有着不同的标签，“婴儿潮一代”“X一代”“千禧一代”，如今又出现了一个新的称号——“雪花一代”。

“雪花一代”泛指那些被父母过度保护的年轻群体，他们没有长远规划，将买房计划置于享乐开销之后。

对年轻人的偏见根源于代际背景，这是一种根深蒂固的本能，可能无法消除。澳大利亚昆士兰理工学院教授彼得·奥康纳博士表示：“成年人对年青一代的成见已经持续了几个世纪。”

这种刻板印象至今仍然存在，而且丝毫未改。无论我们处于哪个时代，都会觉得新时代的年轻人是“垮掉的一代”。2016年，《柯林英语词典》增加了“雪花一代”一词，形容出生于1980年至1994年的年青一代，他们易怒且缺乏韧性。

或许一些老一辈人仍认为他们比今天的年轻人更坚强，但这有可比性吗？心理健康专家纳萨尔博士说：“前几代人一直被教导要压抑自己的情绪，不要去表达，但对新一代年轻人来说，情况正好相反。”

人们总是称“千禧一代”和“00后”做事只考虑自己，正因如此，他们无法在财富上实现阶级跨越，但用几十年前的标准来判断新一代人的做法尤不可取。“婴儿潮一代”拥有住房，是因为在他们成年早期，社会普遍处于经济繁荣时期，如今房价飙升、工资停滞不前、贷款困难、工作事故屡屡发生等问题一概不在他们的考虑范围之内。

此外，一些老一辈人还认为，“00后”是最抑郁、最焦虑的一代，这也表明了如今的年轻人缺乏韧性，动荡的经济环境下，他们感到前所未有的孤独。时代不同，年轻人面临的挑战亦不同，因此无法相互比较。

每一代人的行为和信仰都是由各自独特的时代问题与挑战所决定的。“婴儿潮一代”和“X一代”生于网络时代，人们必须培养出判断能力，因此形成了研究中发现的“以自我为中心”的特质。

几个世纪以来，老一辈人一直在指责年轻人懒惰、自私。人们往往本能地去评价那些与自己处于不同时代的人，但这种评价标准只会加深两代人之间的分歧。打破这种偏见最好的办法就是在两代人之间架设一座沟通的桥梁。我们从未在几代人之间开展一场坦诚的对话。老一辈人说年轻人是不堪一击的“雪花一代”，年轻人则视老年人为跟不上时代的“恐龙”。其实，我们都是一样的人，只不过生在了不同的时代背景之下。

（图／吴敏）

人人皆可为国王

□梁　衡

在现代社会里，每一个成功者都可以在自己的王国里成为国王，享受被崇敬，享受鲜花和红地毯。你看作家、画家是欣赏者的国王；学者、教授是他学术领域的国王；幼儿园的阿姨、小学的教师整天享受着孩子们的拥戴，也俨然如王——孩子王。就是牧羊人，在蓝天白云下长鞭一甩，引吭高歌，也有天地间唯我独尊的国王感。

当一个人壮志难酬或怀才不遇时，他仍然可以为王。塞翁失马，焉知非福；失之东隅，收之桑榆。北宋时的柳永，宋仁宗不喜欢他，几次考试不第，连个做臣子的资格也拿不到，他只好去当“民”。“凡有井水处，皆能歌柳词”，因而他在词坛成了自己的国王——词王。林则徐被清政府贬到新疆伊犁，沿途官民却争相拜迎，泪洒长亭，赠衣赠食，争睹尊容。到驻地后人们又去慰问，去求字，以至于待写的宣纸堆积如山。在人格王国里，林则徐被推举为王。

在日常生活中更是人人可以为王。我看过一场演唱会，那歌手也没什么名气，但当时着实有王者风范，台下的女孩子毫不羞涩地高喊“我爱你”，演唱结束，要跟他拥抱。国王的精神享受有三：一是有成就感；二是有自由度；三是有追随者。只要做到这三点，不管你是白金汉宫里的英国女王，还是拉着小提琴的街头艺术家，在精神上都能得到同样的满足。要做到这一点并不难，只要诚实、勤奋就行——因为你虽没有王业之成，大小总有事业之成；虽没有权的自由，但有身心的自由；虽没有臣民追随，但一定有朋友，有人缘，也可能还有崇拜者。

所以人人皆可为国王，谁也不用自卑，谁也不要骄傲。

（图 / 小粒团）

向内求

□马亚伟

170多年前，美国青年亨利·戴维·梭罗遭受了一系列人生打击：事业不顺、恋爱受挫、亲人离世。之后他独自来到了瓦尔登湖，与湖水和森林为伴，与月光和鸟鸣为友，开始了长达两年多的隐居生活。

隐居期间，他写下了《瓦尔登湖》。

这本书的影响力穿越了时空限制，到如今仍旧是我们津津乐道的话题。

梭罗在瓦尔登湖边沉淀思想，在山川河流中过滤心中的杂质，在日月星辰中思索人类应该有的生存状态。

瓦尔登湖让梭罗获得了心灵的平静与纯粹，也收获了沉静睿智的思想。瓦尔登湖是梭罗心灵的避难所，是他灵魂的净化地，更是他人生的能量站。

其实，每个人都有自己的瓦尔登湖。陶渊明不为五斗米折腰，选择归隐田园，过起了“采菊东篱下，悠然见南山”的生活。

王维向往山林，喜欢“明月松间照，清泉石上流”的闲适生活。

作家史铁生双腿瘫痪后，经常去地坛沉淀思想，思索关于生命的谜题，写下了《我与地坛》。他曾说：“在人口密聚的城市里，有这样一个宁静的去处，像是上帝的苦心安排。”

他摇着轮椅一次次进入地坛，觉得地坛为一个失魂落魄的人把一切都准备好了。地坛沉静而神秘，人在其中可以看清时间，正视磨难，领悟生命。

陶渊明的田园，王维的山林，史铁生的地坛，其实都是属于他们自己的瓦尔登湖。

他们在心灵的秘境，探寻生命的出口，探索人生的正确通道。因为长久地与自然相融，终与万物融为一体，具备了摆脱世俗的格局，以及超越凡尘的眼界。

经过沉淀、滤净、思索，他们仿佛得到了某种神秘的指引，在人生的迷途中豁然开朗。从此，一切都放得下，一切也拿得起。

心理学大师荣格说：“向外看的人，做着梦；向内看的人，醒着。”

因为有自己的瓦尔登湖，他们屏蔽了俗世喧嚣，朝向自己的心灵，是向内看的。

我们每个普通平凡的人，也应该有自己的瓦尔登湖。

我每隔一段时间，都要去登一次西郊的一座山。每次登临山顶，我都会找个地方静静地席地而坐，任凭山风吹彻。

大地博大，云天开阔，山脚万物渺小，那种登临高处的畅快感，荡涤着心中的种种块垒。很快，心头所有阴云便会烟消云散。我起身的时候，拍一拍衣上的尘土，一身轻松。

（图/豆薇）

摒弃“麻木快感”

□晨　曦

如今，于年轻人而言，主要的娱乐工具无疑就是手机——一上公交车、地铁便会发现，人手一机，都在盯着看。手机可是个“好东西”，无论打游戏、看视频，还是刷朋友圈，全能搞定。

手机已成为时间的最大“杀器”，以刷视频为例，你原本打算看十分钟，一刷起来两个小时过去了——这是因为应用程序会根据你看过的内容，分析出你的好恶，然后连续向你推送你喜欢看的内容。这应用程序可不是电影院，它可没散场的时候；应用程序也不是电视台，电视剧每天播放两集，手机的播放量则无穷无尽，只要你的手机有电，那就没完没了，一直能看到地老天荒。应用程序显然比我们更了解自己，也更理解人性。

这种连续看视频、打游戏的感觉，我想大家都体会过，简单来说就是一种让神经麻木的快感——时间长了，根本没有什么兴奋点了，但就是放不下手机。这像极了我们连续吃薯条、嗑瓜子，到了后来已经感觉不到味道了，但嘴仍在机械地运动着。

“麻木快感”的产生，一部分原因归咎于软件、应用程序的设计者，但主要的因素还是来自我们自己——在很多人的生活中，之所以能让无聊之事消耗了大量时间，归根结底还是因为我们无法掌控自己的注意力和意志力。

人生短暂，不要让大好时光被这些没意义的事情吞噬了。

（图/木木）

苟且红利

□刘　润

罗振宇老师有次出门回家，打了辆专车。

很多人都打过车。下车的时候，司机一般都会请顾客给一个五星好评。因为好评不仅是对他服务的认可，也能被优先派单。

但是，很多顾客经常没给，倒不是对服务不满意，往往是下车的时候，匆匆忙忙就给忘了。

而罗振宇老师那天遇到的司机，一通操作，让他印象深刻。

在离他家还有两三百米的时候，司机就很有礼貌地说：“我提前给您结束行程，少收您点钱吧。”

听到这句话，你肯定想，太好了，占便宜了啊。

但是，还没等他说谢谢呢，司机马上又说了一句话：“如果方便的话，能不能麻烦您给我点一个五星好评？”

罗振宇老师说，司机这话一讲，他人还在车上呢，正好有空，刚刚占了人一点便宜，不点那说得过去吗？

司机的这么一个简单的动作，让他心生敬意。这位司机开的车他就坐过一回，也没和司机聊天，但他知道，这个人对待工作一定不马虎。

因为面对一个问题，即使这个问题很小，他也能找到具体的办法去解决它。

何帆老师之前也提到过一个词，叫“苟且红利”。

什么意思？

就是说，虽然看起来大家都在做同一件事，但是你仔细观察，就会发现里面有很多“苟且”的人。

但是总有一些人，比别人更努力。而只要再往前那么一点点，就能享受到红利。

正是别人的苟且，让我们的认真获得了收益。

更准确地说，这是给勤奋聪明的人，不苟且的红利。

而这种勤奋和聪明，就是我们的基本盘。

因为我们的不苟且，始终保持着向上的渴望，让自身所处的环境变得越来越好。

（图/陈明贵）

有些风景不属于你

□李筱懿

多年前我去铁力士山，出发前导游问大家是否有高山反应，其实我有一点，但我觉得山峰海拔不到4000米，不是很高，还有缆车，所以偷偷跟着去了。

缆车上升的时候我已经觉得很不舒服，在山顶待了五分钟，我头晕不已，但不想打扰周围人欣赏风景的心情，尽力忍住。

身边不时传来各种惊叹声，为了一朵壮观的云或者一座泼墨画般的山峰，但我丝毫感受不到这些美，我闭着眼睛，脸色苍白，呼吸困难，最终大家为了迁就我，只好全部提前下山。

当我到达山脚，呼吸到浓郁的空气，幸福感扑面而来，此刻任何美景都不如舒适重要。导游笑着说：“你这种‘低海拔’体质以后不要挑战‘高海拔’风景，湖区和平原一样很美，人一辈子不可能看到所有风景，有些美景注定不属于你。”我心头为之一动。

有多少痛苦来自我们用“低海拔”的体质挑战了“高海拔”的风景？一个买不起的东西、一个爱而不得的人、一件总也做不好的事，它们都是高海拔的“铁力士山”，并非人人可拥有，如果我们没有体力，还有严重的高山反应，就注定得不到。

得不到怎么办？我见过很多用力过度的女孩，包括曾经的我，我们活得激情澎湃、咬牙切齿，身上有种“每一根钉子都是自己挣来的”努力，我们心里有好多的委屈，觉得我都那么努力了为什么还是得不到、做不好、买不起、爱不成？就像受多了来自这个世界的伤害，外界一丁点儿风吹草动就足以让自己受伤。

我们的心里充满了努力而不得的戾气。用你最舒服的方式一点一点接近目标，真做不到，也要记得调整方向。承认并且接纳得不到的结果，放弃无用功，把日子过得舒服，而不是只注重输赢，也是生活的必修课。

抛开戾气，和和气气地生活，普普通通的日子尽管给不了轰轰烈烈的答案，但是时光自有积少成多的力量，在某个转角会给你带来惊喜。

那时，你再也不会为买不起的东西、得不到的人、做不成的事懊丧不已，你想要的已经尽数握在手里。

（图/池袋西瓜）

为什么有能力的人却没人敢用

□黄启团

很多人觉得只有那些有能力的人才值钱，其实不一定。《三国演义》里有一个很有能力的人——吕布。他是一名能征善战的将领，发生在他身上的一个故事叫“三英战吕布”——刘备、张飞、关羽三个人联手都打不过他。可想而知，吕布的武力值有多高。

在历史记载中，吕布认董卓为干爹，但吕布受司徒王允的鼓动杀了董卓。随后，吕布被曹操打败，投奔徐州的刘备，刘备收留了他。在袁术兴兵攻打徐州时，刘备迎击，两军相持。在袁刘相持的阶段，吕布却偷袭下邳城，俘虏了刘备的妻子。刘备回军后被袁术打败，于是向吕布求和。吕布将刘备的妻子归还，刘备则回到小沛。不久，吕布率兵攻打小沛，刘备战败，前往许都投奔曹操。最终，曹操亲自出马征讨吕布，水淹下邳，吕布的一名部下叛变，城破被俘，吕布被曹操处死。

吕布一生都在出卖自己的领导，最后的下场自然是被自己的手下出卖。

历史是怎样评价像吕布这样的人的呢？吕布可谓打遍天下无敌手，为人却反复无常、狡诈、唯利是图。这样的人能力很强，可是谁敢用他呢？可以说，谁用他谁倒霉。

对吕布来说，他的超强能力并没有给他带来高官厚禄，却被他消耗在了一次又一次的背叛之中。这样的人，对朋友来说无异于一颗定时炸弹，你说这样的人值钱吗？

通过这个事例，我想让大家知道，其实像吕布这样的人并不鲜见。他们看起来非常有能力，但是谁用他都是死路一条。也就是说，他在市场上是不值钱的。说到底，一个人究竟值不值钱，并不仅仅是由其能力决定的。

（图 / 孙小片）

用读书打造竞争力

□冯　仑

面对竞争，重要的还是要找到适合自己的生存和发展的方法。

比如，大家通常想的办法是勤奋，认为“只要我比别人更努力，就能在竞争中获得优势”。

但是，依靠勤奋是不是还可以胜出？我觉得，勤奋首先是一种态度。其次，勤奋可以分为两类。一类是简单的勤奋，一类是聪明的勤奋，也可以称之为“有差异性的勤奋”。

什么是简单的勤奋？比如，一个行当，本来就十个人，现在又来了五个人。这个时候，你要是还跟多数人一样地办事，和其他人相比没有差异性，不去增加新的能力，只是简单地勤奋，每天闷头加班，那么，在这十五个人里，即使勤奋也会很被动，不定什么时候，你就被比下去了。

但是，如果说你们原本有十个人，现在又来五个人，竞争更激烈了。这个时候，你勤奋一点，去学习或者选择一个新的有差异化的能力，建立起一种跟别人不一样的能力，即使再来多少人，怎么竞争，其实你也是不用怕的。

所以，要建立一种只属于自己的独特的能力，这很重要。有了差异性，你依旧能找到新的发展空间。

再说说读书。经常有人问我“你最近在读什么书”，但从来没人问“你最近在吃什么饭”。在我看来，吃喝拉撒、呼吸、走路、读书……这都是活着的标志，一个人只要活着，就得做这些事。在我们的传统文化中，正常的人每天都应该读书。

那么，读书能不能提升竞争力？我觉得，何时都需要读书。

首先，读书也是一种“有差异性的勤奋”，我们能通过读书来换个跑道，增长技能。

在转轨、转型的时候，读书能赋予你新的能力，尤其是技能上的能力。这是读书可能帮助我们脱颖而出的一个地方。

其次，读书能让人愉悦。压力大、焦虑、不开心时，读书能让我们的思维换个频道，让人对生活产生一种新的感知和判断，同时释放我们的想象力。

另外，读书有点像吃药，不同的书有不同的功效。有些药是救命的，有些药是治病的，有些药是养生的。书也是如此。不能笼统地说读书，关键要看你读什么书。

看历史能让人更通透，而哲学总在让人思考一些终极命题，人跟宇宙的关系、生死苦乐、人生的意义……哲学对这些问题会有一些解释。看这些书，视野会更开阔，然后你的想法也许就会跟以往不同，人会变得更自洽。

所以我觉得，无论何时，人都应该读书，它跟吃喝拉撒、睡觉、走路……是一样的。此外，要根据自己当下的情况，选择合适的书来读，这一点也很重要。

（图 / 张翀）

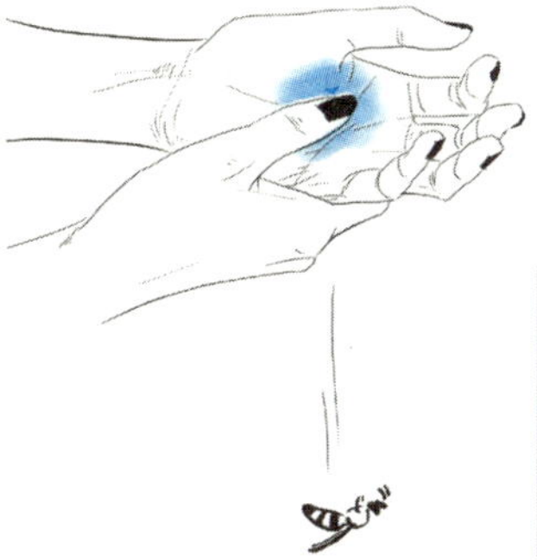

蜇人的蜜蜂

□刘琪瑞

和朋友相约，去郊区老乡的花园里采摘金银花。初夏时节金银花开得正盛，花团锦簇，引来不少蜜蜂在花间采蜜。

我们正忙着采花，忽然一位女士一声惊叫，原来她被蜜蜂蜇到手指。老乡帮她拔掉手指上的刺针，接着告诉我们：蜜蜂蜇了人，自己也活不长了。我们听了，不由得为这只舍命蜇人的蜜蜂惋惜。

我忽然想起老家那位脾气暴烈的二婶，她是一个眼里容不进沙子，吃不得一点小亏，为一些鸡毛蒜皮的事也要与人争吵不休的人，常与周围的人闹得不可开交，往往是要她得了胜利，争回了脸面才罢休。不过，一个人若生活总是陷于争吵中，又如何过得快乐呢？而且经常争吵，情绪控制不好，其实也会伤身。后来，二婶不到 40 岁就染病故去了。

“叹人生，不如意事，十常八九。”人生在世，难有十全十美的事，遇到一些无关紧要的事，不触及原则、底线的，就随它去吧，不要过于斤斤计较，总是耿耿于怀。

常言道：气大伤身。容易生气，于健康不利，甚至反害了自己。就像那只蜜蜂，愤起蜇人，结果，把人的手蜇疼了，但也把小命搭了进去，可算两败俱伤。

人这一辈子，处世也好，做事也罢，不妨常思古人的《不气歌》《莫恼歌》，心平气和，豁达宽容，小事让三分，健康乐悠悠。

（图/木木）

风浪平衡术

□程一鸣

每当驾驶着帆板乘风破浪时，心情总是无比豁达。手握桅杆御风前行，眼前是辽阔的大海，在波浪起伏中感受大海的律动，仿佛消融在了天海茫茫中。

前些年，每次在家附近的南海边看风景，看到海面上的重重帆影总是跃跃欲试，于是找了位教练学了起来。初学时，光是练习拉帆起航就吃尽了“咸”头，趴着、仰着、斜着……我曾以各种姿势栽入海中，嘴里的盐水还没吐干净，便会听到教练的责骂：“不是说人要始终面对着帆嘛”“不是说双脚的距离要和肩膀等宽嘛”“不是说要把拉桅杆的手臂伸直嘛”“哎呀！我都说了多少遍啦”……虽然落水的姿势各有不同，但重新上板时，无一例外都是抱着板子用力一挺，先把腿往板上一横，再让身体一点点挨上去，像只笨拙的海豚。

好不容易将帆拉了起来，帆被风力推着前行，便要珍惜这来之不易的起航机会。此时要双手紧握桅杆，身体向后仰，让自身的重力与帆的力量达到平衡，在转弯或是变速时，再调整动作改变帆的受力方向。风时疾时缓，浪有快有慢，当风速突然变化过大，如果来不及调整，便会被风夺去帆，让帆倒在海面，一时间板上只剩下自己干巴巴地站着。帆板掉头也是较难掌握的，要拉着帆绳并用脚转动板，整个人从板的一侧移动到另一侧，在这个过程中，要不断感应帆的力量变化，并调整身体的位置以始终和帆保持平衡。

有一回，我在离岸边较远的地方跌入海中，没想到板子也翻了过来，背朝着天，无论怎样用力都翻不回来，好像老天不想再正眼瞧我。一筹莫展之际，远处一股大浪袭来，我等待机会，借着浪势用力一扳，这才扭了回来。上板后已再无力气，只能盘腿坐在板上，帆也摊在一旁。此时夕阳融化在天边，我就在海面铺洒的金色霞光中，被波浪助推着缓缓漂向岸边。

其实新手在学帆板时，潜意识里总是想去控制风，去对抗浪，结果自然是被风浪无情地丢到海中。要知道，大海是不可征服的，我们能学会的不过是对大海的顺从之术罢了。要让自己的力量像水一样在帆板间流动，维持风、浪、帆和身体的平衡，这时大海才会接纳你，并赐予你一定的活动空间。虽然现在我已经比初学时进步了一些，但在大海面前，要永远保持学生的姿态，绝不可傲慢自大。

如今，选一个晴朗的周末到海上漫步一会儿，能暂时忘掉陆地上的琐事与烦恼。等到掉转帆头回归地面，再靠着世事的平衡之术好好生活。其实生活也像风和浪一样，不可捉摸，无法控制。我们能做的，不过是修炼平衡世事的法门，借着风浪的动能顺势而为罢了。

（图/小粒团）

你情绪不好，是因为读书太少

□洞　见

《宋史》中记录了文学家吕祖谦的故事。

吕祖谦年少时，性情急躁，遇事不顺便满心怨气，经常与他人发生争执。

后来，他喜欢上读书，读到古贤的处世之道时，总会掩卷自思。

《论语·卫灵公篇》中记录了孔子的一句话："躬自厚而薄责于人，则远怨矣。"

意思是多责备自己，少责备别人，就可以避免别人的怨恨了。

他读到这里，联想到自己的坏脾气，如当头棒喝。

从那以后，每每遇到问题，他就以这句话自勉，心中的急躁之气总会很快消散。

久而久之，他待人接物变得平和宽厚，人心逐渐归附。

朱熹曾评价说，一个人只要能像吕祖谦那样读书学习，就能改变自己的气质和性情。

读书能明智，让我们有足够的智慧、沉稳的心态去面对各种问题。

遇事束手无策时，必会牵引出许多坏情绪。

但书中蕴有古今智慧，藏有万千良计，帮我们逃出困局，驱散迷茫。

杨绛先生说："读书多了，内心才不会决堤。"阅读能让我们在面对人世间的一切悲哀时，有着不一样的心境，不一样的素养。

何权峰在《格局》中写道："对一个心胸开阔、有大气量的人来说，他的内心就像一个大湖，你丢进去一根火把，它很快就会熄灭；你丢进去一包盐，它很快就会被稀释。"

读书越多，格局就会越大。

目之所及的是非之事，都会显得微不足道；蝇头蚊足的些微得失，都变得毫无意义。

曾有人问歌手李健，为什么要读那么多的书，到底有什么意义。

他回答说："所谓读书的意义，大概就是让人眼界更开阔，对自我有更清醒的认识。"

一个不爱读书的人，会束缚于单一的"三观"中。

而喜欢读书的人，可以从一世看一时、从全局看一隅，不会忧于鸡零狗碎的事情，不会遇事就愤愤不平。

这是一个让格局变得辽阔的过程。

有人在微博上问蔡澜，自己近来事事不顺，觉得人生暗无天日，该如何排解。

蔡澜只回了两个字：读书。

阅读总能帮我们从情绪的低谷中解脱，获得挣脱生活泥沼的精神力量。

（图/鹿川）

努力活得像个孩子

□李晓萍

《道德经》载："专气致柔，能如婴儿乎？"意思是，结聚精气以致柔顺，能像婴儿的状态吗？其实，每个人终其一生，活得最通透的状态便是内心住着一个永远不变的孩子，无欲无为，顺应自然，没有多余的欲念。

有一位已过世的长者曾在文中这么说："我穿戴的服饰太多太重……包装得一层又一层，以致失去了原形。"人愈老愈会发现，对名之耀、利之诱、色之魅这些所谓的"太多太重的服饰"，只有从内心真正"断舍离"，摒弃执念，回归简单，才能心似白云常自在，意如流水任西东，由内而外获得孩提时的快乐。

人这一生最大的幸运，便是甘于承认自己的平凡，却依旧活得努力而认真、热烈而坦诚。在生活中，用一颗童心去爱生活、爱自己和家人，你会有一种返璞归真之感。童心未泯，才能在日常生活中保有孩提时的热情，并使其结成生活的珍珠，让生活走向诗和远方。

人到中年，经历了半世沧桑、浮沉起落，应更钟情自己的内心，懂得删繁就简，回归孩子般的简单。孟子说："大人者，不失其赤子之心者也。"所谓赤子之心，就是孩子本来的心，是初心、童心。一个心性成熟的人仍保有一颗童心，不是不谙世事、不食人间烟火，而是像孩提时一样容易满足，吃颗大白兔奶糖，就高兴半天。俗语讲："罗绮千箱，不过一暖；食前方丈，不过一饱。"越是投入欲望的旋涡里，越会被物所役，迷失本心。回望童心，我们应该清楚自己最想要的东西其实就在眼前，我们应该明白让自己幸福其实很简单。

"儿童不知春，问草何故绿。"生活幸福的密码便是不泯的童心。想一想，如果每个成年人都能摆脱定式思维的束缚，试着用童真的眼光、无所拘束的本性来观察生活、体味生活，开启梦想，那么，人生可能就是一场让人开心的大冒险。

（图/小粒团）

提高自己的“屏蔽力”

□林子树

有这样一项研究报道：一个人每天接收到的信息有34G，是一个人一生所能处理信息的1/6。简单地说，我们每天都在接收超负荷的信息，倘若不屏蔽一些信息，大脑会非常疲惫，舒适感也会降低。

屏蔽一些声音、过滤一些信息，看似会有遗憾，实际上是一种自我保护。

日本高分短片《变态娃娃》，讲述了女孩艾利在自我与他人的期待中逐渐迷失一生的故事。

艾利特别在意别人的看法，她每天都对着镜子练习微笑，别人杀死她心爱的金鱼，她也不会翻脸，只会向对方报以宽容的微笑。

她从小就被告知：任何事情，只要微笑对待就会完美地解决。只是她没想到自己竟然会变成一个只会微笑的陶瓷娃娃，这让她痛苦不堪。

有一次，她在路上被星探发现，成了偶像明星，她本以为自己会快乐，但不承想更痛苦了。因为她始终活在别人的目光中，就像一个没有灵魂的木偶，用微笑掩饰着喜怒哀乐。

艾利决心改变，她终于鼓起勇气敲碎微笑的面具，想找回真正的自己，却发现再也找不回了。

一个人若是太在意别人的看法，只会迷失自己，永远与快乐无缘。世界是你的，与别人无关，无论别人怎么评价你，挑你自己喜欢的。

屏蔽刺耳的声音，你才能回归自己。过滤繁杂的信息，你才能真正丰富自己。

现在的我们处于一个信息膨胀的时代，一旦接收过多，对我们的人生来说就是一场灾难。

我们大多数人是不是经常会这样：本来时间规划得特别好，但实施起来发现难度很大；明明知道自己想要什么，不承想却沉溺在繁杂的信息里无法自拔，大部分时间被社交软件、短视频软件占据，等幡然醒悟时，却发现已经晚了。

为什么会这样呢？说到底就是不懂得信息断舍离。

一个人只有基于自己的兴趣和需求，带着目的去接收信息，才能过滤杂乱的信息，让自己的大脑留有空间。

懂得有选择性地过滤繁杂的信息，留给大脑清醒思考的时间，才能真正拥有自由清净的生活。

当你开始不在乎别人的看法、不关注别人的生活，并且过滤繁杂的信息，你就拥有了更多的时间，用来提升自我。

你把时间花在哪里，人生的花就会开在哪儿。唯有热爱自己的生活，生活才会热爱你。

（图/鹿川）

阅读是一种打开

□孙　藜

看书和看电影、看短视频都是“看”，但差别极大。这句看似常识般的废话，其实揭示出媒介对我们的“阅读”有着深刻影响。因为“字书”不是“脸书”，它总是在一定厚度中按照某种线性秩序得以展开。一行行，一页页，我们的眼睛、心灵和思维随之流动，这种流动要奏效，一定也是读者在与作者的对话中，主动地重建一个世界、一种秩序。

这与刷抖音时对流动影像自然而然地接受有着极大的不同。当然，正像“字书”中也有“寻常”的泛滥，影像也不仅仅流动在抖音里，我们还有那么多伟大的影视剧。比如，曾经追过一部德剧《巴比伦柏林》，那种以影像方式对极为复杂叙事的从容驾驭，是多少写书的作家难以企及的啊！因而，接下来说的“读书”体会，并没有厚此薄彼的意思。

读书是一种翻译。翻译不仅仅发生在不同的语种之间。我倾向于接受沃尔特·本雅明对“翻译”的理解，即它是以一种敬畏、尊重、谨慎、细致的方式，将隐身在文本中的事物本身的存在显现出来。

毋庸置疑，事物原本就在宇宙中与我们共存，但人拥有一种独特的语言能力。动植物也有语言，但它们永远无法以“出声”的方式进入，比如文本。它们的语言就像密码，比如枝叶的婆娑、喉咙深处的吼叫。只有人拥有一种去记录、描述并且重建一个世界的能力，这就是在文本中重建一个世界。而阅读就是让它的原本，连同它被编织的方式静静地显现出来。

人在建立这样一个世界秩序的过程中，无论作者还是读者，都无法避免自身视眼的介入。其中存在着可能的“扭曲”，但也是一种积极的揭示。这没有什么好抱怨的，更不是以习见的“萝卜白菜”或“一千个哈姆雷特”的犬儒方式就可以简单打发的。一朵野花可以是原始逍遥般的摇曳，也可以是人以喜悦或悲伤之眼与之的重逢。阅读，就是如此这般对“自然”、对“自然”人化编织的双重接近。

说到底，阅读是一种对作者、对世界也是对自我的打开。只有我们铭记着自然的多彩、人之复杂，才知道自身的限度，才能切近打开之后的豁然。不仅仅“物之不齐，物之性也”，而是物之“不齐”本身也是多样的“不齐”。穿越文本的丛障，心灵在澄明之前，必得先经过一番迷雾的浸润。字句如山峰，攀缘遍布险阻。

真正的阅读，绝不是一种简单的快乐。那是关于郑重生活的郑重承诺。

（图/张翀）

水稻的十八岁

□沈希宏

“谷雨时节种谷天。”布谷一声叫，稻种就下地了。

你知道一粒稻种长成硕果累累，要经历多少相遇吗？一块稻田，平均要与六十种稻田杂草相遇。矮茨菇来几天就走了，它的生命很短暂。三棱草，长着三角形的茎秆，我们小时候玩游戏用的，你撕这头，我撕那头，看看到中间能不能相遇完整。三棱草独苗长大，不怎么占地，不怎么大肆生长，也只是来陪水稻走一程。而牛蒡草的生命就很顽强，横向生长，与水稻抢占空间，还不肯轻易开花，不肯轻易老去，稻子都黄了，它还不断冒出新叶。又比如稗草，从小就与水稻一起长大，与水稻相伴一生，两种生命长相相似，初识者是难以分辨哪个是稗草哪个是水稻的。

水稻的一生，平均又要与六种虫子一起生活。小时候有稻纵卷叶螟，专吃嫩叶子，吃得难受就逼迫你把叶子卷起来。抽穗开花的时候，螟虫就来了。螟虫，又称钻心虫，爱咬茎秆，直接咬个洞钻进去，吸食茎秆的汁液。稻飞虱，成千上万嗡嗡嗡的，体形虽小，可是一旦暴发，虱多力量大，不出两天，一块即将成熟的稻田就会化为乌有。

还有各种病原菌，各种外来伤害。在水稻生长的短短几个月里，发生的熙熙攘攘与战火纷飞，可以说是一刻不曾停歇。

下雨了，你出门可以带伞，水稻却从来不带，雨来风迎，饱食阳光、空气和雨水，通过孜孜不倦的光合作用，奉给人类以供养。

收获之后，生命完成一个轮回。重归宁静的大地上，留下一个我，在稻茬儿间感怀。

生命脆弱而渺小。老牛的一顿饱餐，也会让一小片水稻颗粒无收。生命坚强而后足，水稻也懂得与周围怎么相处，与你一起晒太阳，一起呼吸，懂得什么时候开花，什么时候结果，遇见病、虫、草和各种意外而长大成稻。

还记得你的十八岁吗？那些年轻不带伞的光辉日子。水稻的十八岁，是阳光下蜻蜓飞过来，一片片绿油油的稻田，是周杰伦歌里唱的“随着稻香河流继续奔跑，微微笑，小时候的梦我知道”，是在烈日与暴雨下奔跑，从营养生长进入生殖生长。

谁没有十八岁，谁没有一生呢？

岁月或散淡，生命诚可贵。我等当懂颗粒归仓。

（图/麦小片）

只要有你

□冯　唐

咱们这期说说魏惠王和齐威王比宝的故事。

魏惠王和齐威王约好了，在郊野狩猎。魏惠王问齐威王，你们齐国有什么宝贝吗？齐王说，怀宝其罪，我齐国没有宝贝。魏惠王说，那怎么可能？我魏国虽小，但是有十颗可以照亮特别大的车子的大珍珠。你们齐国这么大，不可能没有宝贝吧？

齐威王说，您觉得这是宝贝啊？那我们对宝贝的定义不同，我对宝贝的看法跟您不一样。我觉得我的宝贝不是您说的这种宝贝，我的宝贝是那些能够帮助我统治天下、维护国泰民安局面的大臣。比如檀子帮我镇守南城，盼子帮我守高唐，黔夫帮我守徐州，种首防备盗贼，他们做得都很好，这四个人才光耀千里，不只是能光耀一辆大车。魏惠王惭愧地低下了头。

从这个故事可以看出齐威王和魏惠王对人才的态度，齐威王对贤能的下属十分重视，把他们比作一国之宝，所以后来成就了孙膑围魏救赵这样的经典案例。

其实，对人才的渴求从古至今就没有变过。冷兵器时代需要能打仗的能人，科技为王的现代需要高科技人才。这两年，很多崛起的二线城市，通过给钱、给房、给户籍，甚至利用解决配偶工作、子女入学等手段跟一线城市进行着“抢人大战”。

这让我想起曾国藩的一句话：阅历世变，但觉除得人以外，无一事可恃。

什么意思呢？就是经历了这么多世事的变化，在大事小情、无常的环境中，他发现什么都不能依靠，只有得到合适的人才是真正靠得住的。

无论一个个体，还是一家企业，最重要的资产、最珍贵的东西、最可以依赖的，还是人。

我是2000年进的麦肯锡，因为当时做咨询，经常要换不同的客户。我发现，这些好的客户、好的大企业，有一个非常突出的共同点。就是坐在一起的六七个所谓的核心管理层，他们不一定有很强的教育背景，不一定有很高的智商，甚至不一定有很高的情商。但是如果有一件特别大的事儿，这六七个人一定能互相配合，各自推进，把这件大事办成。也就是说，这六七个人不做这摊事儿，换一摊事儿，给他们合适的指导以及合适的步骤，他们还是能给做成。

只要有人，有一组人，就会慢慢有一切。有一组人，有一组喜欢智慧、喜欢善良、喜欢美的人，有一组有德行的贤人，就可以在一个不毛之地，在一个风不调雨不顺的四季轮回里，还是能让时间、让空间变得非常美好，这就是人类最伟大的地方。

（图/孙小片）

驯鹿的悲剧

□朱永波

通常情况下，驯鹿间的冲突会适可而止，但是它们当中也有一些激进分子，非要拼个你死我活。每年因为打架而丧生的驯鹿不在少数，有纪录片就拍到一段驯鹿打架的场面。

在雪原上，一群驯鹿正在觅食，突然鹿群中产生了骚动。原来，两头雄鹿为了抢夺雪层下的地衣打了起来。入侵者仗着拥有粗壮的鹿角，向对手发起攻击，守护者也不甘示弱，直立起来用宽阔的前蹄击打对方的头部。接着，两头雄鹿各自后退数米，然后低着头加速冲向对方。随着“砰”的一声巨响，两头雄鹿撞在了一起，各自又被弹出数米，但是它们依旧互不相让，继续撞在一起。

起初，其他鹿还在围观，时间久了，它们的注意力便放在寻找食物上。但两头雄鹿都没有退让的意思。尽管它们已经精疲力竭，但依然喘着粗气，一会儿撞在一起，一会儿用鹿角顶着对方，非要分出胜负不可。

这时，不幸的事情发生了：两头雄鹿的鹿角牢牢地别在了一起！尽管它们使出了浑身的力气，却只能在原地兜圈，谁也无法摆脱对方。天色慢慢暗了下去，鹿群早已不见了踪影，雪原上只留下了它俩悲凉的身影。此刻，它们一定后悔了。

半夜时分，狼群如约而至，残暴的狼群掏空一头驯鹿后扬长而去，剩下的那头驯鹿惊恐地拉着死去的驯鹿的躯壳在风雪中颤抖。黎明时分，一头棕熊出现了，雪原上再次响起了凄惨的叫声……

（图/小粒团）

生命里没有哪个阶段最好

□蒋　勋

李商隐写过一首《晚晴》:“深居俯夹城，春去夏犹清。天意怜幽草，人间重晚晴。”

晚晴，就是雨下了好久天气才晴朗起来，特别值得珍惜，现在我们不是用晚晴来形容老年的美好吗?这是李商隐的诗句。“天意怜幽草”，好像老天有一种特别的眷爱，会重视这些卑微的生命。

“晚晴”两个字也用得非常妙，“向晚意不适”中也是在讲“晚”，李商隐力图为“晚”找到一个存在的意义与理由。

生命里没有哪个阶段一定是最好，生命的每个阶段都可能是好，早晴和晚晴是两种意义。这里面就产生了文学艺术创作非常重要的一个意义，就是可以为人生的每个状态提出一个价值。在悲悯自己，哀怜自己，在自己不是属于大时代的难过与哀伤中，忽然读到这个句子，也会转成“人间重晚晴”，有一种开心。

“微注小窗明”，也是在李白的诗里从来不会看到的句子，这是在讲光线，诗人坐在窗边读书，窗边的光线非常暗，他还是借着小窗的明亮在读诗，所以他用“微注”，微微从窗外有一点光线透进来，你会觉得他非常珍惜这点光线。

李商隐的诗背后一直有晚霞、秋天，有一种晚景。晚景可以是凄凉，也可以从凄凉里转出温暖。

“微注小窗明”没有“长风几万里”的气魄，可是从这些微光中，会感觉到不可言喻的喜悦。

尤其对很多中年朋友，我想李商隐是很重要的。我们在生命的某些时刻，会感觉到自己最好的时间过去了，会有一点沮丧，有一点颓败。可是李商隐的诗常常让我们感觉到生命并不是这样的状况，生命并没有所谓的极盛与极衰，而是处于流转的过程中。

李商隐对繁华的回忆，可能是一种喜悦的感觉，甚至比较平静，因为平静，所以用“微注”两个字。

这两个字很难用，在我写诗的经验里，一个诗人用到这么细微的字是难度很大的。其中有一种珍惜。

我们会回忆起自己的一些经历，比如某个阴天，外边飘着细雨，那个时刻如果你拿起一本诗集来读，从窗外透进来的光，诗中的景象感觉会出来，好像不再是骑在马上驰骋沙场的这种经验，而是回到自己家中小小的角落，找到自己生命的另一种意义。

唐朝很精彩，年轻的时候曾经驰骋沙场的那些人，现在在李商隐的世界里，忽然可以静下来读一卷发黄的诗页。那种感觉其实是非常迷人的。

（图/小粒团）

你靠过弱联系吗

□万维钢

中国人喜欢谈人脉，有句戏言称："社会关系就是生产力。"拉关系，很多人都在做。不管你多么不喜欢，但在社会中做事情往往要依赖各种关系。

也许在很多人眼中，建立有价值的人脉的关键，是寻求一种比较亲密的关系，比如"一起同过窗、一起扛过枪"，而社会学家们恰恰不这么认为。

斯坦福大学教授马克·格兰诺维特，在20世纪70年代研究过在波士顿近郊居住的技术人员和经理人员是怎么找到工作的。格兰诺维特找到282人，随机选取100人做面对面访问。他发现，通过正式渠道（比如看广告投简历）得到工作的不到一半。100人中，有54人是通过个人关系找到工作的。这是一个相当可观的数字。

这里面，真正有意思的不是靠关系，而是靠什么关系。

所谓多个朋友多条路，那么，这条路到底更有可能是什么样的朋友给的呢？格兰诺维特发现，真正有用的关系，不是亲朋好友这种经常见面的"强联系"，而是"弱联系"。在这些靠关系找到工作的人中，只有16.7%能经常见到他们的这个"关系"，也就是每周至少见两次面。而55.6%的人用到的关系人，仅仅偶尔能见到，亦即每周见面不到两次，但每年至少能见一次。另有约28%的帮忙者，一年也见不到一次。也就是说，大多数你真正用到的关系，是那些并不经常见面的人。这些人未必是大人物，他们可能是你不常联系的老同学或同事，甚至可能是你不太熟悉的人。他们的共同特点是：不在你当前的社交圈里。

格兰诺维特对这种现象有一个解释。整天跟你混在一起的这帮人，很可能干的事跟你差不多，想法必然很接近。如果你不知道有一个这样的工作机会，他们又怎么会知道？只有"弱联系"才有可能告诉你一些你不知道的事情。

"弱联系"的真正意义，是把不同社交圈子连接起来，从圈外给你提供有用的信息。根据弱联系理论，一个人在社会上获得机会的多少，与他的社交网络结构有很大关系。如果你只跟亲朋好友交往，或者认识的都是与自己背景类似的人，那么，你大概就不如那些三教九流什么人都认识的人机会多。人脉的关键，不在于你融入哪个圈子，而在于你能接触多少圈外的人。

（图/陈明贵）

道路以读书

□ Harps

每天很多人在路上消耗不少时间，如何让社会人把这段时间利用起来，人文精神和消费主义都费了很多心思。

人文精神想让人们利用路上的时间丰富自己的精神世界，读书、听音乐、学一门语言、思考人生；消费主义则想让人们花更多的钱购买装备和课程，造成一种精神世界已然丰富的良好感觉。地铁和公交车上的人到底全神贯注地在听什么并不确定，然而白闪闪的昂贵的苹果无线耳机表明一定是不虚此听的东西吧。

在或长或短的旅途中，常会遇到悠然读书的老派人。旅行中有大量的空闲，非常适合阅读。

长途飞机上的空乘会分发报纸，或者在进入机舱时任旅客拿取。飞机上的报纸一般来自航空公司的母国，回家或离乡的旅客拿一份气味熟悉的报纸，仿佛流离迁徙的中国人带一捧家乡土。现在报纸头版的信息全世界都差不多，抚慰旅客的是纸张和字体。

旅途中读的往往是平时不会读的书，特别大而且厚，因为人们都担心路上万一读完了没得读怎么办。

有一年从伦敦飞往上海，我的邻座、一位头发花白、大腹便便的老年人一直在读一本厚书。

我偷偷瞟了几眼，确定那是尤瓦尔·赫拉利的《人类简史》。书是平装版，装在公文包里不会太重。也因为是平装版，这么厚的书随便折角也不心疼。英文出版物的精装本和平装本纸质差别非常大，精装本的内页洁白细密，沉甸甸的；平装本则质地松软颜色暗沉，好像沾了水就会碎一样。这也决定了被大量人手翻动阅读过的书一概是平装本。精装书如果不是用来送礼，也只是在家洗净了手虔诚地看几页就摆回书架上去。

两个陌生人因为注意到对方手上读的书而相遇相识、两情相悦，这样的情节已经在浪漫小说里发生过无数次。在想象中，爱读书的人总是羞涩内向的，丰富美好的精神世界包裹在社恐的蛋壳里。两只坚固地守卫着内心世界的蛋，遇上趣味相同的读书人才会裂开来。然而，另一种可能是因为陌生人在读的书而瞧不起他，比如安·兰德的作品——特朗普喜欢的“思想家”。

数年前，微博上曾经有个小小的“文化事件”：一个在北京地铁上读英国前首相布莱尔自传的男人发微博寻找他在地铁上遇到的读安·兰德《源泉》的女人，他们聊了几句，女人在金台夕照站下了车。据说他们后来真的结婚了。很多善良的网友送上祝福，也有一些网友说，这二人真是天作之合，必须在一起，千万别耽误别人。

（图/木木）

留条缝隙让别人爱你

□远 近

现在很多人缺乏一种能力，那就是接纳和走入一段亲密关系的能力。也不知道为什么，好像活着活着，就把自己活成了那个宁愿一遍遍体会孤独也不愿意卸下心防去接纳别人的人。

有一种想法是：如果没有亲密关系产生，那么就无法伤害到自己。这也是现在很多厌倦亲密关系的人的一种想法。这种想法，类似于一种“风险评估”。我觉得爱情给我带不来什么，我完全可以一个人生活，我又害怕被伤害，不想承受分手带来的痛苦。我觉得自己无法承担这些风险。那么我宁愿选择不要开始。我把自己包裹起来，刀枪不入，百毒不侵。

这种想法，我感同身受。

我就是一个防备心很重的人，我知道这样的人心里是怎么想的，当然我也明白凡事不可能无因有果。

但在理解的同时，我也为此感到一些遗憾。遗憾的地方在于，你不想搞砸自己的人生，所以没再给自己哪怕一点点的机会。可以这么去想：风险不仅爱情才会有，无论做什么事都有风险，这不是爱情的专属，而是世界的共性。不能因为惧怕承担风险，就选择不做，这很显然不是一个理智的做法。更何况，就算你把自己全副武装起来，但夜里的风，依然是凉的。就算你无数次告诉自己“没关系，我一个人可以”，但内心深处渴望爱的呐喊你其实也不是听不到。

何必为难自己呢？

爱是什么呢？最简单的说法是：你喜欢我，我也喜欢你，这就是爱。如此简练的话语却说明了一个非常重要的观点：爱是一种体验。不要给它设下原本没有的前提和陷阱。爱本身是一种人生体验，爱不是有人来帮助你，不是有人来完整你，也不会拯救你，它的本质就是一种非常单纯的情感属性。不要搞错前提，不要以为自己什么都可以就不需要爱了，这里面没有因果关系。也不要觉得把自己封闭得死死的，就可以平安无事。能伤你的，从来不是爱。有时其实是自废武功。

留条缝隙让别人爱你。

很多人把自己的心封死了，经不得一点风吹草动，也勾不起一点涟漪，稍微有点心动就如临大敌。我觉得没必要。尝试打开一点心，尝试去接纳别人，尝试去享受一个拥抱，尝试学会爱一个人，也给别人一个机会，让他来爱你。在互相尊重和平等的基础上，爱的体验是无比美好的。前提是，你愿意让别人走近你了解你，牵你的手，而你也愿意把心留出一条缝隙，哪怕仅能容纳一人通过。打开一点心吧，哪怕一点点。你其实，原本不必这么辛苦。

（图／豆薇）

沟通的角度

□文公周

公元前319年冬，魏惠王去世了。出殡那天下起了大雪。整个都城大梁白茫茫一片，连北都找不到，更别说拉车走路了。

按说这是唱赞歌的好时机：惠王功德盖世，去世也能感天动地，你看老天爷都哭成这个样子了。但大家完全顾不上，最要紧的是出殡还能不能如期举行。如果硬要举行，大家伙儿就都要从暖融融的房间里出来，浩浩荡荡地去送葬。更少不了要发动大批老百姓清理积雪，抢修栈道。耗费大量资金不说，还免不了冻死饿死人，再激起老百姓反抗，那可就是大麻烦了。

于是，大家纷纷向当时还是太子的魏襄王提意见："雪实在是太大了，按期出殡的话，成本很高，老百姓也受不了折腾，要不咱们改一天？"魏襄王一听，马上就给怼回来了："做儿子的，难道因为心疼钱，就不给自己的爹出殡？岂有此理。"

大家灰溜溜地回来，在还不死心的情况下想到了一个人——惠施。这个人能说会道，说不定有办法。于是相国公孙衍亲自出马，请惠施出面做工作。

惠施见了魏襄王，不着急说出殡的事儿，而是先讲了个故事："当年，周文王的父亲死后，被安葬在楚山脚下，结果刚入土就赶上了大暴雨，把棺材都冲了出来。文王一不着急，二不上火，更不去琢磨敌人故意搞破坏之类的阴谋论，而是平静地说："一定是先王不舍得离开，还想再看看大家。"他干脆下令把棺材取出，重新放回朝堂，供大家瞻仰膜拜。三天后大雨过去，才重新安葬。"

看魏襄王听得入神，惠施继续说："您看，今天下这么大的雪，也是先王不舍得大家，想看着您即位，让老百姓安心。您非要按原定时间出殡，岂不是显得很着急把先王送走？还是改改日期吧，周文王都这么做，咱们效仿一下也不过分。"

魏襄王听完，只说了一句："太对了，我马上改日子。"

这个故事简单，但很有嚼头。同样一件事情，为什么那么多人上书提意见都不管用，惠施三言两语就把领导说服了？

关键就是两个字：角度。

群臣进言，说的都是执行层面的客观困难，完全没有顾及领导的感受。给先王办丧事，魏襄王最在意什么？面子。办得风光体面，不仅是给亲友、家族的交代，更是对自己继位合法性的背书。所以，魏襄王只能坚决说"不"。

惠施就不一样了。他丝毫不提客观困难，完全站在领导的立场考虑影响、利弊，有针对性地提出合理化建议。领导当然不傻，话说到位了，自然就顺水推舟，马上应允。

一正一反，两种沟通角度，效果截然不同。

（图/孙小片）

眼罩

□刘琪瑞

山东人喜食煎饼。吃煎饼就要推磨，以便把泡胀的粮食磨成糊糊，再摊在一面铁鏊子上烙制，烙出一张张圆亮亮、暄软软的煎饼，吃起来筋道香甜。

小时候，我最怕起早推磨。推磨是个辛苦活儿，天刚蒙蒙亮就要被母亲喊起来，睡眼惺忪地抱着磨棍，沿着磨道一圈又一圈地转，转得我头晕眼花。也许是为了偷懒吧，我一推磨就犯眩晕症。后来，母亲买来了一头廉价的毛驴，专门用来拉磨，这下可好了，我们兄妹再不用为推磨发愁了。

那头小毛驴很会干活，母亲给它套上“驴蒙眼儿”，也就是眼罩，它就很卖力地一圈一圈拉磨。虽然母亲贪便宜，买来的这头驴子有残疾，瞎了一只眼，可母亲照样给毛驴套上罩儿，将两只眼蒙上。

起初，我以为给毛驴套上“驴蒙眼儿”，是为了防止它拉磨晕眩，它也应该和我一样，转不了几圈就会发晕吧。可有一次，我和弟弟闲得皮痒，套上那个“驴蒙眼儿”拉磨玩，刚转两圈我还是晕得慌——原来，给毛驴戴眼罩不是为了防晕呀！

我把这疑问说给母亲，母亲摸着我的头说：“傻孩子，牲口拉磨不会晕，老牛大马小毛驴都不晕。”“那为什么给它戴‘驴蒙眼儿’呢？”“小毛驴不老实，怕它偷嘴，将嘴伸进磨槽里吃糊糊。”我挠了挠头，又不明白了：“可为何不把它的嘴套上，反而蒙住眼睛呢？”母亲笑笑说：“等推磨时，我按你说的，套上驴嘴试试看吧。”

再拉磨时，母亲找来牲口笼头，给毛驴套上了，拉着拉着，小毛驴开始不老实了，经不住石磨上粮食、糊糊的诱惑，伸出嘴巴就想偷食，可它忘记嘴巴被笼头罩住了。因为眼睛能够看到磨口上的粮食、磨槽里的糊糊，它就不断地想吃，一次次地将嘴巴伸进去，总也安不下心来，母亲抽了它两次，还是死不悔改。无可奈何，母亲重新找来“驴蒙眼儿”，把它的眼睛罩住，这下毛驴看不见了，安静下来，老老实实地拉磨。

人们常说，眼睛是心灵的窗户，牲口和人一样，看见了美味就会动心，管不住自己的嘴，忍不住就要偷吃。蒙上了眼睛，也就蒙住了欲念，小毛驴也就绝了偷食粮食的心，安安静静地干活儿，庄户人这种法子确实高明。

对人来说，有时也需要蒙上欲望之眼，眼不见心不烦，不会生烦恼，也不会起诱惑，更不会像那首老歌里唱的：“只是因为在人群中多看了你一眼，再也没能忘掉你容颜……”少了许多爱恨情仇。

有句老话说：“莫伸手，伸手必被捉！”首要的，应该是守住底线，不开贪婪之眼，不生贪欲之心，当然，也就不会伸出贪腐之手了。

（图／罗再武）

须臾之美

□高玉霞

晚上读金圣叹，不由得被他记录的琐碎须臾小事所陶醉。

“冬夜饮酒，转复寒甚，推窗试看，雪大如手，已积三四寸矣。不亦快哉！”“雨入花心，自成甘苦；水归器内，各现方圆。”“重阴匝月，如醉如病，朝眠不起。忽闻众鸟毕作弄晴之声，急引手搴帷，推窗视之，日光晶荧，林木如洗。不亦快哉！”

冬雪，落雨，日光，林木。须臾之间，美在其妙。

沈复《浮生六记》：“夏日泛舟，以荷为伞，沉睡不知光阴之须臾。”美好的光阴，总在须臾之间，而这须臾美好，被沈复一一用本子记载下来。晓月对窗、秋日远足，“向晚庭院，倚靠闲话”“雪夜生暖炉，静闻雪无痕”，人生之美，尽在须臾间。

懂得“须臾之美”的人，会望月怀远，会举杯痛饮，会花下独眠，会在大雪天到来时生起暖火炉邀友人同饮。

“须臾”之美，美在自然。柳半黄，荷半开，苔始青，月新白；“须臾”之美，美在恰好。恰好雪骤，恰好荷开，恰好雨落，恰好你来。“须臾”之美，美在惜时。“朝如青丝暮成雪”，光阴一寸，寸寸老去，惜时应在须臾。

惜“须臾”者，时时生趣。张岱看雪，皆在深冬。大雪深数尺，满山洁白，无论驾一小舟，拥毳衣炉火，独于舟子看雪，还是坐小羊头车看雪，都趣味十足。“万山载雪，明月薄之，月不能光，雪皆呆白。”须臾之间的雪与月，曲与酒，让人生之意境，辽远非凡。

惜“须臾”者，童心未泯。我一友人，少年时爱于湖边打“水漂”，取一薄石，侧身用力一击，但见一朵朵涟漪朝湖心跳跃，以此称能。如今大腹便便，依旧不改其乐，没事总爱去湖边转转，再扔几块薄石，小坐半天，自谓“乘物游心”。其妻笑他玩心不改，但在山光水色中，听其朗朗笑声，妻的目光亦如年少时柔情似水。

惜“须臾”者，心有远意。人可以忙忙碌碌，但心要闲。心闲者，忙中取乐。一块石头，一盆石景，一缕山泉，匆匆忙忙路上的一声鸟啼，一片流云，都能入了心，入得心。心的辽阔，在独行，在小憩，在一草一木间。

日子的美，美在须臾。心的辽远，意在须臾。人生的旷达，惜在须臾。

金圣叹说：“几万万年月皆如水逝、云卷、风驰、电掣，无不尽去，而至于今年今月而暂有我。此暂有之我，又未尝不水逝、云卷、风驰、电掣而疾去也。”

既然如此，那就在“须臾”之间，听鸟声入耳，流泉淙淙，望白云悠悠，看山中桂花落。人生惜“须臾”，美“须臾”，乐“须臾”，岂不妙哉！

（图/池袋西瓜）

几时重

□叶嘉莹

“胭脂泪，留人醉，几时重。”这是李后主非常有代表性的一首小词。李后主是把花的短暂无常、人生的短暂无常、聚会的短暂无常，都结束在“几时重”这三个字上。

意思是我们这样相对欣赏的机会什么时候再有？“几时重”，说得真是很好，不但是疑问，而且是感叹。可能有人会说，等到明年不是花还会开吗？王国维说，“君看今日树头花，不是去年枝上朵”（《玉楼春》）。他说，你看今天树上的花已经不是去年树枝上的花了。明年尽管花会再开，但不再是这朵，消逝的东西永远不会回来了。今天，这朵花落了，永远不会有同样的花再开在树枝上了。

“胭脂泪，留人醉，几时重”，李后主把花和人的挫折悲哀重叠在一起，归结为对人生最大的感叹：为什么人生如此短暂无常？为什么有聚就一定有散？为什么有生又要有死？既然生我们在世界上，为什么让我们有患难？为什么如此呢？“几时重”，为什么不能让我重复地看到那美丽的花呢？所以他后面写出了一个很悲哀的答案，“自是人生长恨水长东”。

诗词的句法，表现方式是不同的，有的时候是先扬起来再压下去，但李后主的这首词不是这样的，而是一层层地压下去的。“林花谢了春红”，是沉下去的；“太匆匆”，再沉下去；“无奈朝来寒雨晚来风”，再沉下去；“胭脂泪，留人醉，几时重”，这还是沉下去的；“自是人生长恨水长东”，是整首词最悲哀的一句。

李后主用这么短小的一首小令，从林子里的花写到人的悲哀，写出了整个生命、所有生物的无常和患难，那是一种不可逃避的悲哀。

（图/池袋西瓜）

猴子的教训

□ yebo

《伊索寓言》里记载了这样一个故事。有只猴子，看见渔夫们往河里撒网，捕获了很多鱼，非常羡慕。等到中午，渔夫们收起了网，回家吃饭。猴子便连忙从树上爬下来，来到河边，拿起渔网来也准备捕鱼。它模仿着渔夫的动作，把网朝天上一抛，结果渔网一下子落下来，套住了自己。猴子在网内拼命挣扎，始终无法挣脱，最终跌落到河里，溺水而亡。

我们身边也有很多人盲目跟风和模仿别人，从不考虑自身条件是否适合，最后往往给自己带来灾难。

最近看过一部名叫《深坑》的短片。有个中年人，在路上遇到一个深坑。为了顺利过去，他不断搬来石头，用双手抱着石头，往深坑里填。正累得气喘吁吁，后面一个大长腿跑了过来，很轻松地就跨过了深坑。中年人见状非常懊悔，原来跨过深坑竟然如此简单。于是他一脚踢飞石头，后退几步，学着大长腿的姿势，朝前冲去。奈何他的腿太短，没能跨越过去，反而跌落深坑，被尖锐的碎石穿胸而过。

看完这部短片，让人忍不住唏嘘。他原本可以一点点填满深坑，却因为试图模仿别人，最终害了自己的性命。

爱迪生说过一句话："羡慕就是无知，模仿就是自杀，不论好坏，你必须保持本色。"

盲目追求和模仿并不适合自己的脚印，久而久之，只会让自己迷失方向。遇事和看待问题，唯有保持独立思考，不受他人干扰，才能顺遂地渡过难关，抵达终点。

在任何情况下，人都应该学会坚定自己的脚步。不随波逐流，以适合自己的方式，过好这一生。

（图／张翀）

忠于每一天

□罗　翔

最近，我常回忆起自己的学生时代。

记得一次外语课，我们围坐在草地上。老师让我们讲一讲自己想变成何种动物。我说，我想变成一只蚂蚁。老师很诧异，问我为什么想变成蚂蚁。我说，在蚂蚁眼中，极小的一块地方就是一个广袤的存在，充满未知与神秘。一如我们现在坐的草地，对我们而言，只需几分钟就可以走到头，但是对蚂蚁而言，可能一辈子都爬不出去。

一直以来，我都觉得自己不过像一颗渺小的尘埃，是风把我带到我从未向往的高处。相信有一天，它也会把我轻放在神秘莫测的他处。

人总是害怕失去自己不配拥有的一切，这也是一种极大的贪婪与背叛。无论如何，对我们而言，最重要的是做一个忠于职责的人。

柯勒律治说："到处是水，却没有一滴水可以喝。"在虚拟世界中，我们朋友遍天下，但也许没有多少是可以真正交心的。海水是苦涩的，海量的信息只能带给人饥渴感，海量的朋友带给人的可能也只是孤独感。愿每个人都能走进真实的世界，关注真实具体的人，拥有真实的友谊。

威廉·詹姆斯在一部书中讲了这样一个故事：一名贵妇人在剧院里为剧中人物的悲惨命运伤感不已，而她的马夫在戏院外面冻得快要死去。抽象的人永远无法代替具体的人，愿我们能够走出这种习以为常的伪善，在每个岗位上勤勉度日，不负所托。

英文中的"现在（present）"意味着"礼物"，中文中的"今"加一点就是"命令"的"令"。我把"当下"既看成礼物，又当作命令，把每一个"今天"都一点一点地过好。

前方的道路不可预知，有着各种可能，生命神秘莫测，希望大家都能不悲伤、不犹豫、不彷徨。

（图/木木）